AF186434

Tucholsky Wagner Zola Scott Sydow Freud Schlegel
Turgenev Wallace Fonatne

Twain Walther von der Vogelweide Fouqué Friedrich II. von Preußen
Weber Freiligrath Frey

Fechner Fichte Weiße Rose von Fallersleben Kant Ernst Frommel
Richthofen

Engels Fielding Hölderlin
Fehrs Faber Flaubert Eichendorff Tacitus Dumas

Maximilian I. von Habsburg Fock Eliasberg Zweig Ebner Eschenbach
Feuerbach Ewald Eliot Vergil

Goethe Elisabeth von Österreich London
Mendelssohn Balzac Shakespeare Dostojewski Ganghofer
Trackl Lichtenberg Rathenau Doyle Gjellerup
Stevenson Tolstoi Hambruch
Mommsen Lenz Droste-Hülshoff
Thoma Hanrieder

Dach Verne von Arnim Hägele Hauff Humboldt
Karrillon Reuter Rousseau Hagen Hauptmann Gautier
Garschin

Damaschke Defoe Hebbel Baudelaire
Descartes Hegel Kussmaul Herder

Wolfram von Eschenbach Dickens Schopenhauer Rilke George
Bronner Darwin Melville Grimm Jerome
Campe Horváth Aristoteles Bebel Proust

Bismarck Vigny Voltaire Federer Herodot
Gengenbach Barlach Heine

Storm Casanova Tersteegen Grillparzer Georgy
Chamberlain Lessing Langbein Gilm Gryphius
Brentano
Strachwitz Claudius Schiller Lafontaine Sokrates
Bellamy Schilling Kralik Iffland
Katharina II. von Rußland Gerstäcker Raabe Gibbon Tschechow

Löns Hesse Hoffmann Gogol Wilde Vulpius
Luther Heym Hofmannsthal Klee Hölty Morgenstern Gleim
Roth Heyse Klopstock Kleist Goedicke
Luxemburg Puschkin Homer Mörike
La Roche Horaz Musil
Machiavelli
Navarra Aurel Musset Kierkegaard Kraft Kraus
Nestroy Marie de France Lamprecht Kind Kirchhoff Hugo Moltke

Nietzsche Nansen Laotse Ipsen Liebknecht
Marx Lassalle Gorki Ringelnatz
von Ossietzky Klett Leibniz
May vom Stein Lawrence Irving
Petalozzi Knigge
Platon Pückler
Sachs Poe Michelangelo Kock Kafka
Liebermann
de Sade Praetorius Mistral Zetkin Korolenko

Der Verlag tredition aus Hamburg veröffentlicht in der Reihe **TREDITION CLASSICS** Werke aus mehr als zwei Jahrtausenden. Diese waren zu einem Großteil vergriffen oder nur noch antiquarisch erhältlich.

Symbolfigur für **TREDITION CLASSICS** ist Johannes Gutenberg (1400 — 1468), der Erfinder des Buchdrucks mit Metalllettern und der Druckerpresse.

Mit der Buchreihe **TREDITION CLASSICS** verfolgt tredition das Ziel, tausende Klassiker der Weltliteratur verschiedener Sprachen wieder als gedruckte Bücher aufzulegen – und das weltweit!

Die Buchreihe dient zur Bewahrung der Literatur und Förderung der Kultur. Sie trägt so dazu bei, dass viele tausend Werke nicht in Vergessenheit geraten.

Ovid bei Hofe

Wilhelm Heinrich Riehl

Impressum

Autor: Wilhelm Heinrich Riehl
Umschlagkonzept: toepferschumann, Berlin

Verlag: tradition GmbH, Hamburg
ISBN: 978-3-8424-7068-2
Printed in Germany

Wilhelm Heinrich Riehl

Ovid bei Hofe.

(1855.)

In nova fert animus mutatas dicere formas
Corpora.

Ov. Met. I, 1.

Erstes Kapitel.

Die Fürstin gähnte.

Der Fürst selber servierte ihr heute den Kaffee im Minnedienst des Flitterjahres ihrer Ehe. Sie saßen allein in dem traulichen kleinen Gemach, dessen Wände so ganz von Blumen verhüllt waren, daß es der Hofmarschall neuerdings als die »Grotte der Flora« in das Zimmerregister hatte eintragen lassen. Durch die weit geöffneten Fensterflügel strich die erweckende Kühle des schönsten Maimorgens, und die leise Luft spielte in dem wallenden Haare der jungen Fürstin, das, noch nicht kunstvoll geordnet, nur durch ein rotes Band zusammengehalten wurde. Eine Fülle der Anmut ergoß sich über diese »Grotte«, daß Götter selig darin hätten schwelgen können – und dennoch gähnte die Fürstin!

Der Fürst hatte einige Papiere vor sich auf dem Kaffeetisch liegen; denn er hielt eben, wie er's nannte, seinen kleinen Kabinettsrat. Dieser aber galt allezeit nur der Fürstin und ihren geistreichen Launen, und der Fürst war noch artig genug, das Tagewerk seiner Regierungsarbeiten an jedem Morgen mit diesem schwierigsten Departement des Innersten zu beginnen.

Selten wohl hat ein junger Ehemann seine Gattin so ganz nach Herzenslust die anmutigste Verschwendung entfalten lassen, wie unser Fürst Karl August. Die Fürstin Eudoxia nannte den Gemahl aber bei seinem zweiten Namen Augustus, weil sie gerne ein augustisches Zeitalter des künstlerischen Prunkes und geistberauschender feiner Ueppigkeit im kleinen Reichsfürstentume hervorgezaubert hätte. Die etwas bäuerlichen Bürger der Residenzstadt ihrerseits hatten in mangelhafter Kenntnis der byzantinischen Geschichte den Namen ihrer neuen Fürstin Eudoxia nicht recht verstanden und schlechtweg zur Fürstin Eidechse verdeutscht. Und in der That, sah man das kleine bewegliche Wesen mit den klugen Augen, jeden Tag mit einem anderen goldschimmernden Gewand angethan, durch die Laubgänge des Schloßgartens mehr gleiten und schlüpfen als gehen, dann mußte man bekennen, Eudoxia sei anzuschauen recht wie die klugblickende grüngoldene Eidechse, die so lustig im Früh-

lingsstrahle hin und her huscht, harmlos, heiter, in Lebenslust ge-
sättigt.

Also Eudoxia durfte ihren Schönheitsphantasien, ihren künstleri-
schen Plänen und Launen noch ganz freien Lauf lassen, und dieser
Pläne waren so viele und ihre Durchführung erforderte so starkes
Kopfbrechen, daß fast an jedem Morgen der kleine Kabinettsrat am
Kaffeetisch abgehalten werden mußte und oft gar schwer zum
Schlusse kam.

Aber die Maisonne, welche durchs Fenster der Frühlingsgrotte so
hell hereinscheint, ist ja die Maisonne des Jahres 1724, wo große
und kleine Fürsten noch unbekrittelt ihren Launen leben durften
und Geld besaßen wie Heu, um in feinem Geschmack mit Trianon
zu wetteifern und in phantastischer Pracht mit Versailles.

Ist es doch binnen Jahresfrist in der kleinen Residenz hergegan-
gen, als gälte es, eine neue Welt zu schaffen. Bauleute sind eben
noch beschäftigt, den alten Schloßbau durch zwei neue Flügel zu
modernisieren. Der Schloßgarten ist völlig umgewandelt. Hier ent-
faltete sich der Geschmack der jungen Fürstin am reichsten. Da
wurden Grotten angelegt, Laubgänge, Teiche, Wasserfälle, Brücken,
griechische Tempel und chinesische Pavillons. Die massige, über
und über verzierte Steinbalustrade längs der großen Terrasse prangt
mit sechs kolossalen Erzvasen, von schön modelliertem, vergolde-
tem Laubwerk umrankt; dagegen ist Apoll mit den neun Musen bei
dem Springbrunnen zur mehreren Bequemlichkeit der Gießer und
der fürstlichen Kasse nur aus Blei gegossen und mit weißer Oelfar-
be angestrichen, »doch also, daß es aussiehet,« wie ein gleichzeitiger
begeisterter Beschreiber sagt, »als seien die statuen aus wahrhafti-
gem penthelischem Marmor gehauen«.

Die junge Fürstin galt für unermeßlich reich, und der Fürst hatte
neuerdings eine große Erbschaft gethan, so daß beim Volke die Sage
ging, des Nachts zögen ganze Karawanen von Mauleseln die Straßen zur Residenz entlang, mit Fässern und Säcken Goldes beladen,
um die ungezählten Schätze zusammenzutragen, in welche der
Fürst nur mit verschwenderischer Hand hineinzulangen brauche.
Am Ersten jedes Monats, fuhr dann die Sage fort, pflege sich Karl
August ganz allein in sein Kabinett einzuschließen, um sämtliche
quittierte Rechnungen der abgelaufenen vier Wochen höchsteigen-

händig im Kamin zu verbrennen, damit keine Seele je erfahre, wieviel Geld er verthan und er selber nicht jezuweilen erschrecke vor den ungeheuren Summen.

Also die Fürstin gähnte.

Es geschah dies aber nicht aus Langweile, sondern aus gelinder Verzweiflung; denn die gelindeste Form der Verzweiflung zwingt zum Gähnen.

Eudoxia schwärmte gegenwärtig für Ovids »Verwandlungen«, die sie unlängst aus einer französischen Uebersetzung kennen gelernt hatte. Bereits stickte sie die Geschichte von Philemon und Baucis auf einen Ofenschirm; allein weit Größeres war noch im Werk. In dem erlesensten Zirkel des Hofes wurden Schauspiele aufgeführt, Opern sogar mit Ballett, und die Herren und Damen vom Hofe wirkten hierbei zusammen mit einigen für diese Unterhaltung eigens berufenen Künstlern. Damals gehörte es aber zum Glanz eines Hofes, nicht bloß eigene darstellende, sondern auch eigene schöpferische Künstler zu besitzen. Nicht bloß Opern geben wollte man, sondern jeder Hof wollte auch seine *eigenen* Opern geben, seine eigenen Schauspiele und Ballette. Die Fürstin hatte darum einen Hofopernkomponisten von Wien verschreiben lassen in der Person des Maestro Ignaz Lämml. Da man aber bei diesem Posten ebenso bequem sparen zu können glaubte, wie bei dem bleiernen Apoll mit seinen angestrichenen neun Musen, so hatte man dem guten Wiener, der nie in seinem Leben einen Vers gemacht, zugleich die Verrichtung aufgelegt, sich zu der allmonatlich zu liefernden neuen Oper oder Kantate seinen Text selbst zu schreiben und zugleich, wenn's not thue, als Hofpoet auszuhelfen.

Nun war die Aufgabe des armen Ignaz für den laufenden Monat keine leichte. Er sollte die Geschichte von Pyramus und Thisbe zu einer Oper verarbeiten. Allein trotz ihrer Vorliebe für Ovid hatte die Fürstin doch eine bedeutende Abweichung von der Erzählung des alten Römers für das Libretto befohlen: die Oper durfte nicht tragisch schließen, Pyramus und Thisbe sollten sich am Schlusse heiraten, damit alsdann ein lustiger Tanz eintrete.

Das war zu viel für Ignaz Lämml. In einer schriftlichen Eingabe, die eben im »kleinen Kabinettsrate« vorlag, und gerade sie war es auch, welche die Fürstin zum Gähnen der gelinden Verzweiflung gebracht, erklärte der Maestro eine solche Umbildung der Fabel für ganz unmöglich.

Mit einem Anflug von Ironie verteidigte der Fürst die Ansicht des Kapellmeisters, während die Fürstin für ihre eigene Sache sprach.

Und mit all dem liebenswürdigen Eifer, dessen nur ein junger weiblicher Anwalt fähig ist, rief sie: »Ein König von Frankreich, Karl – Karl der so und so vielte (wer kann die langweiligen Namen und Zahlen behalten!) stellte das Gesetz auf, daß jede Oper heiter und versöhnt enden müsse. Es gehört das gleichsam zur Hofetikette der Oper – –«

»Allein,« unterbrach der Fürst, »unsere großen Meister kehren sich längst nicht mehr an dieses Gesetz.«

»Große Meister? Ja! Aber gerade darum, weil er kein großer, sondern ein kleiner Meister ist, muß sich unser Ignaz Lämml daran kehren. Alle Kunstgesetze sind vergleichbar den Spinnweben, die großen Fliegen brechen hindurch und die kleinen werden darin gefangen. Und so soll sich unser Lämml nur ruhig gefangen geben dem ehrwürdigen Königsgesetz der Oper.«

»Wahrlich, gefangen wird er sich geben, aber die Oper nicht fertig bringen. Denn als er jüngsthin Acis und Galatea schrieb, ging es ihm wie Vetter Christian im Sprichwort, der glaubte, er habe ein Päckchen Tabak gekauft, da hatte er's gestohlen. Er bettelte und stahl sich die Verse aus allen anderen Galateen zusammen. Wo soll der Arme aber die Verse zu Pyramus und Thisbe stehlen, die sich heiraten, statt sich zu ermorden? Hättest du ihm noch die Geschichte vom Dädalus zur Bearbeitung aufgegeben, er würde die Figur des Minotaurus wenigstens an sich selbst haben abstehlen können, denn wie kann man den Ignaz Lämml besser schildern als mit Ovids Worten: › Semibovemque virum, semivirumque bovem‹ (ein halbochsiger Mensch, ein halbmenschlicher Ochs). Aber verzeih, liebe Eudoxia, ein höchst gutmütiger Geselle ist der Kapellmeister doch und ein vortrefflicher Musikant dazu.«

Die harten Worte des Fürsten waren mit so zärtlicher Schalkhaftigkeit des Tones gesprochen, daß sich Eudoxia nicht gekränkt fühlen konnte. »Unser armer Poet hat Succurs erhalten!« rief sie triumphierend in ihrer vollen anmutigen Munterkeit. »Vor einigen Wochen ist sein Sohn, ein trefflicher Sänger und ein wahrer Tausendkünstler, von Wien herübergekommen, der schneidet ihm jetzt die Verse zu. Der junge Mensch thut höchst geheimnisvoll, macht sich äußerst rar in der Stadt und im Schlosse, kaum weiß jemand, daß er hier ist – aber um so besser für uns, um so glänzender wird die Ueberraschung sein, womit wir euch Zweifler besiegen werden!«

»Nun,« sprach der Fürst, gedankenlos in den Papieren blätternd, »wenn Pyramus und Thisbe glücklich und lustig zur Ehe kommen, dann wäre ich im stande und sänge selber mit in eurer Opera.«

Es hatte ihn aber die Fürstin schon gar oft um seine Mitwirkung als um eine ganz besondere Gunst gebeten, denn Ludwig hatte ja auch zu Versailles im Ballett getanzt. Allein diese einzige Bitte hatte der Fürst immer stracks zurückgewiesen mit den Worten: »Ein Fürst soll nicht Komödie spielen!«

Jetzt aber sprang Eudoxia jubelnd auf. »Das Wort halte ich fest, welches du eben gesprochen, und dich halte ich fest bei deinem Wort!«

Karl August erschrak, sann nach – da ward ihm erst klar der gedankenlos hingeworfenen Zusage Bedeutung. Sich der dankbaren Zärtlichkeit seiner Gemahlin entwindend, sprach er mit fast feierlichem Ernste: »Der König von Frankreich, des Namens du dich nicht entsinnen konntest, war Karl VI. Er hat in der That verordnet, daß jede Oper heiter und versöhnt schließen müsse. Aber schauerlich verhöhnte das Geschick diesen Satz in der letzten Komödie, die dieser König selbst gespielt. Bei einem Fastnachtsscherz trat er als wilder Mann auf, in zottiges Fell und einen Pechkittel vermummt. Da kam er einer Pechfackel zu nahe, das Pechgewand fing Feuer, und der lustige König, der jede Komödie heiter wollte geendigt wissen, starb an dem Schreck und den Brandwunden des letzten Finales dieser letzten Komödie, die er selber mitgespielt. Ein Fürst, Eudoxia, soll nicht Komödie spielen! Doch du hast mein Wort; ich werde es einlösen.«

Eine Wolke flog über das Gesicht der Fürstin, allein sie ging rascher noch vorüber wie Aprilgewölk.

Und sie zog ganz sachte die Replik des Hofkapellmeisters Ignaz Lämml hervor und präsentierte sie samt Tinte und Feder in holdester Anmut schweigend dem Fürsten, daß er den Entscheid darauf schreibe.

Lächelnd schrieb Karl August mit festen Zügen: »Die Opera Pyramus und Thisbe soll lustig mit der Liebenden Heirat schließen. Coûte-que-coûte: – *so will und befehl' ich's*. Carolus Augustus.«

Und diesem Kabinettsbefehl ward ein Lohn, wie er Kabinettsbefehlen sonst nimmer zu werden pflegt: ein Kuß von den schönsten Lippen.

Der Fürst sprang auf, trat ans Fenster und blickte nachdenklich in den Schloßhof.

»Schau!« rief er, »welch seltsamer Aufzug! Vier Männer tragen eine ungeheure, mit Blumen bekränzte Brezel, die stolzeste Geburtstagsbrezel. Sie wollen zu dem schmalen Pförtchen hinein, das zu deines Hofsängers, des Maestro Dal Segno Wohnung führt. Ah! das gilt wohl der Tochter des Welschen, der schönen Cornelia! Aber die Pforte ist zu eng – sie kommen nicht durch mit der ungeheuren Brezel. Sie gehen zurück – nein! – sie halten Kriegsrat. Was werden sie beginnen? Sie steigen zu dem großen Doppelfenster hinein! Das ist unverschämt – wider alle Schloßordnung – vor unseren Augen und am hellen Tage!«

Der Fürst klingelte. Der Kammerdiener erschien.

»Hat Er den unverschämten Kerl gesehen, der eben samt drei anderen und einer ungeheuren Brezel zu Dal Segnos Fenster eingestiegen ist? Wer war der Halunke?«

»Der Maler Friedrich Bergmann, zu Euer Durchlaucht Befehl.«

»Er soll in Arrest gehen, sechs Stunden –«

»Zu Befehl – sechs Stunden.«

»Halt! Sechs Stunden heute und morgen noch einmal sechs Stunden. Mache, daß du fortkommst! – Halt! Sogleich, auf der Stelle soll er sich auf der Wachtstube zum Arrest melden. Hörst du! Absitzen noch heute morgen!«

»Das ist hart!« lispelte die Fürstin, als sie wieder allein waren. »Der arme Bergmann!«

»Die Schloßordnung muß gewahrt werden! Und siehst du, Eudoxia, alles fängt jetzt an, hier Komödie zu spielen, selbst meine Leute! Der ganze Hof phantasiert –«

»Aber warum mußte denn der Arrest des armen Bergmann verdoppelt werden?« fiel die Fürstin rasch, wie das böse Gewissen, ins Wort.

»Weil er ein gescheiter Kerl ist, ein durchtriebener Bursche, der alles kann und weiß, wenn er nur will.«

»Aber du schiebst ihn ja sonst immer zurück hinter den französischen Maler, der Hofmaler werden soll!«

»Weil er sich anstellt wie eine deutsche bête, da er doch ein deutsches Genie sein könnte weit über den Franzosen hinaus. Darum eben schicke ich ihn mit doppelter Strafportion ins Cachot, daß er zum Bewußtsein erweckt werde. Kind, du weißt nicht, wie man deutsche Künstler erzieht!«

Zweites Kapitel.

Da lag sie, die ungeheure, blumengeschmückte Brezel, das Meisterstück der Bäckerkunst, auf dem Diebswege durchs Fenster hereingebracht, noch von niemanden im Hause gesehen, verlassen in dem Zimmer der schönen Cornelia, der Tochter des italienischen Sängers. Friedrich Bergmann, der mit diesem landesüblichen Geburtstagsgeschenk einen entscheidenden Sturm auf die Liebesgunst der Göttin dieser Räume hatte ausführen wollen, war davongeschlichen zum Arrest wie ein ertappter Dieb, so nahe dem Gipfel und so grausam in die Tiefe geschleudert!

Die Thür öffnet sich und hereingeschlichen kommt ein zierlicher, spargelhaft lang aufgeschossener junger Mann, fein geputzt mit Schnallenschuhen und seidenen Strümpfen und himmelblauen Kniebändern und einem rotbraunen Samtrock, der für den Fürsten selber nicht zu schlecht gewesen wäre. Erstaunt betrachtet er die einsame Brezel. Also war er heute nicht der erste Gratulant auf dem Platze? Was will der niedliche Blumenstrauß, den er in Händen trägt, gegen diese Kränze, gegen diese ungeheure Brezel! Die Brezel weckt seine Eifersucht. Nur ein Liebhaber kann eine so große Brezel backen lassen. Aber Cornelia soll es ihm büßen, dem glücklichen Anbeter, der sich bis zu dieser Stunde, da er die ungeheure Brezel erblickt, für den einzigen hielt – –

Doch stille! Es naht ihr leichter, schwebender Tritt, und der Gratulant pflanzt sich, sein Spruchlein rüstend, mit dem niedlichen Strauß neben die ungeheure Brezel.

Cornelia tritt ein, schön wie dieser schönste Maimorgen des lustigen Jahres 1724.

Es war ein Doppelgeburtstag, und die beiden Liebenden – wir dürfen sie wohl so nennen trotz Friedrich Bergmann und seiner großen Brezel – tauschten gegeneinander Sträuße und Glückwünsche und Küsse aus. Wie sollten sie nicht füreinander bestimmt sein, wo sie an demselben Tage im Mai das Licht dieser schönen Welt erblickt!

Cornelia muß unbändig lachen über die ungeheure bekränzte Brezel. Aber sie ist zugleich gerührt, gerührt, daß ihr Franz, der erst seit einigen Monaten aus Wien nach dieser Gegend gekommen (denn der zierliche Bursche ist niemand anders als jener Sohn des Hofkapellmeisters Lämml, der Tausendkünstler, von welchem die Fürstin gesprochen) – diese Landessitte der großen Geburtstagsbrezeln bereits erkundet und ihr die größte Brezel, die gewiß seit Menschengedenken in der Stadt gebacken wurde, gewidmet hat.

Franz weist anfangs den Dank zurück. Aber er besinnt sich. Ja, sie soll es ihm büßen, daß sie noch einen anderen Anbeter hat, der so große Brezeln backen läßt, und betrogen werden soll auch dieser andere – am Ende gar der Sohn des Hofbäckers! – und also nimmt Franz den Dank für die Brezel huldvoll entgegen, und wie zum Liebeszeichen verzehrt das anmutige Paar den Anschnitt von der ungeheuren köstlichen Brezel gemeinsam.

Armer Friedrich Bergmann! Indes du nun im Gefängnisse brummst, schwelgt solchergestalt dieser leichtfertige Wiener buchstäblich wie bildlich in aller Süßigkeit deiner ungeheuren Brezel.

Begeistert durch den Anschnitt der Brezel und den Humor, den jedes für sich in dem köstlichen großen Backwerk fand, wurden die beiden Liebenden zu einem neckischen Spiel der Laune hingerissen, welches sie in letzter Zeit öfters geübt, – sie machten nämlich gemeinsam Verse, gleichsam im Duett.

Es hatte damit aber eine eigene Bewandtnis.

Franz dichtete den Text zu Pyramus und Thisbe, der Oper mit dem heiteren Schluß. Er hatte mit diesem Liebesdienst seinen Vater aus einer Hölle erlöst, und der Alte wollte den Sohn seit gestern abend, wo er die kühne Wendung zum glücklichen Ausgang der Oper aufgespürt, in Gold fassen. Pyramus hat den blutigen Schleier der Thisbe gefunden, der Löwin Fußstapfen im Sande entdeckt, zieht sein Schwert, um sich zu ermorden, singt aber vorher noch mit gezogenem Schwerte eine tragische Arie. Da hört ihn Thisbe, stürzt herbei – und alles weitere macht sich von selber.

Diesen Text nun dichteten Franz und Cornelia, in anmutigem Spiele improvisierend, gemeinsam. Denn, Cornelia, obgleich in Deutschland geboren und das Deutsche als ihre zweite Muttersprache redend, hatte doch noch von ihren Eltern die nationale Gabe der Improvisation ererbt, und die Stegreifverse flossen ihr so zierlich und manierlich von den Lippen, daß der gewandte junge Poet und Sänger oft kaum gleichen Schritt halten konnte.

Nach den ersten Liebesscenen zwischen Pyramus und Thisbe, die auf beiden Seiten der trennenden Wand durch den Ritz abgesungen werden müssen, erscheint laut Vorschrift der Fürstin Eudoxia das Ballett, um einen Menuett zu tanzen. Während aber die Damen und Herren vom Hofe im Stücke selber singen, sollen die Hofsänger singend eintreten bei diesen Intermezzos des Balletts, welche allegorisch den Inhalt der vorangegangenen dramatischen Scene darstellen.

Was soll man aber zu einem Menuett singen?

Es bedurfte in der That der ganzen Inspiration der großen Brezel, um diese Frage zu lösen.

Aber Cornelia weiß flinken Rat. »Wir singen einen Wechselgesang *über* den Menuett, vom Menuett. Die Liebesscene ging vorher. Der Menuett ist der Tanz der Liebe – –«

»Halt ein!« rief Franz, »schon strömen die Verse mir zu. Also:

Menuetto.

Es hat den Menuett Gott Amor selbst erfunden:
Ihn tanze, was sich liebt! Mit gravität'schem Gang
Erscheint Frau Musika; doch weicher Liebessang
Ist wie ein Rosenkranz um ihr Gewand gewunden:
Prächtig und stolz zu sein, naiv und doch kokett,
Lüstern und spröd zugleich; das lehrt der Menuett.«

»Nun komme ich!« rief Cornelia und begann zu den Worten auch sogleich eine zierliche Menuettweise mit glockenheller Stimme zu improvisieren:

Trio.

»Das macht, es hat der Schalk, der lose Gott der Liebe,
Verteilt im Menuett des Manns, des Weibes Triebe.
Züchtig naiv sind wir, verbuhlt die Männer nur:
Drum klingt im Menuett so doppelte Natur.«

17

Und wie Schlag auf Schlag fiel jetzt wieder Franz ein und sang, zugleich die von Cornelia begonnene Melodie fortführend:

»Das laß ich gelten dir, o holde Göttin mein,
Ist gleich verbuhlte Art nicht Männer Art allein:
Doch teilt der Menuett des Manns, des Weibes Triebe,
So einigt er sie auch im Grundaccord der Liebe:
Drum tanzt ein liebend Paar Menuett, so sei zum Schluß
Die rechte Hauptkadenz – ein ganz verstohlner Kuß!«

Bei den letzten Versen war der Gesang in ein Parlando, bei den letzten Worten in rasches Sprechen übergegangen, und ehe Cornelia sich's versah, war der Kuß geraubt.

Es trat eine lange Pause ein. Die Liebenden saßen wie verklärt vor der großen Brezel. Der Schlag der Vögel klang so hell von den Bäumen des Schloßgartens herüber; – o das war ein köstlicher Augenblick. Nur der arme Friedrich Bergmann, der diese Begeisterung doch auch wider Willen mit hatte entzünden helfen, brummte im Arrest und hatte eben wohl nicht das rechte Maibewußtsein.

Wie aus einem Traume erwachend, sprang plötzlich Franz auf. »Leichtsinnige Kinder, die wir sind! So machen wir harmlos eine Komödie in Versen, indes wir beide selber mitten drein sitzen in einer Komödie, in dem verwickeltsten Intriguenstück, das sich jemals in den Räumen dieses Schlosses abspielte. Pyramus und Thisbe! – Sind wir selber nicht auch Pyramus und Thisbe? Erst wollen wir die Gefahren unserer eigenen Liebe in Verse bringen und in Noten setzen, ehe wir an die Liebesabenteuer längst begrabener Helden denken.«

»O stille davon!« rief Cornelia leichtmütig. »Lassen wir unser Schicksal rollen, wie es rollt, gedankenlos spielend, scherzend, dem Augenblick hingegeben, und eine unbekannte Hand möge die Zügel lenken.«

»Aber der Augenblick gerade ist ja so fastnachtstoll, so köstlich, daß man ihn festhalten, in langsam bedachten Zügen schlürfen und genießen muß!« entgegnete Franz. »Unsere Väter hassen sich wie Spinne und Kröte. Und dennoch brauchen wir nicht durch den Ritz in der Wand Duett zu singen wie Pyramus und Thisbe. Nein, wir singen und sprechen hier am hellen Tage in deines Vaters Wohnung ganz laut und offen. Dein Vater hört den Ton meiner Stimme arglos, nebenan in seinem Zimmer. Nur weiß er nicht, daß ich Ich bin. Er schmeichelt mir, weiht mich ein in alle Geheimnisse seiner Gesangkunst, hegt mich wie einen Sohn in seinem Hause, mich eine Maske, den Sänger Anton Howora aus Böhmen, und wenn er ahnte, daß ich auch nur ein Stück von dem Sohne des Ignaz Lämml sei – – o, es wäre eine höchst lustige und eine höchst traurige Geschichte, wie er mich dann stracks zum Teufel jagen würde!«

»Doch jeder Besuch, der hier eintritt, dich erkennt, bei deinem wahren Namen begrüßt, kann unser Lustspiel in ein thränenreiches Drama verwandeln! Noch begreife ich nicht, Franz, wie es dir gelang, die Maske volle zwei Monate zu bewahren.«

»Ihr Kleinstädter begreift das freilich nicht,« sprach Franz mit selbstgefälligem Lächeln. »In Wien lernt man dergleichen Dinge, besonders beim Theater. Als ich die lustige Kaiserstadt verließ, da dachte ich, das einförmigste Leben, gehüllt in den Nebel unendlicher Langweiligkeit, erwarte mich hier. Ich kam mir vor, wie einer, der in die Verbannung reist, etwa wie unser Freund Ovidius, als er nach dem Schwarzen Meer gesegelt ist. Tristien nur fürchtete ich hier singen zu können, Klagelieder und jammervolle ›Briefe vom Pontus‹ zu schreiben an die tollen Genossen meines Wiener Lebens, und statt dessen mache ich Metamorphosen, höchst abenteuerlich ergötzliche Verwandlungen, seit den ersten Tagen, in welchen ich den Fuß in dieses verzauberte Städtchen gesetzt! Gleich die erste Verwandlung betrifft mich selbst. Ich höre von dem Ruf des großen Gesangsmeisters Dal Segno. Ei, da gäbe es wohl eine schöne Gelegenheit, ihm einige von den Geheimnissen seiner Kunst abzulauschen, meinen Studien hier einen letzten glänzenden Schliff zu geben. Ganz arglos lege ich meinem Vater den Wunsch vor, noch ein wenig Schule bei Dal Segno zu machen. Ich erwog nicht, daß zwei so eigensinnige Tonmeister unter dem Dache desselben Schlosses ja naturgemäß gar nicht anders als in grimmigster Feindschaft leben können. Mit Zorn und Hohn verweist mir mein Vater dieses hochverräterische Ansinnen. Eigensinn zeugt Eigensinn. Nun will ich erst recht Dal Segnos Schüler sein –«

»Und da kommt,« so fiel ihm Cornelia schalkhaft in die Rede, »eines Tages ein fremder Bursche in unser Haus, der sich Anton Howora nennt, aus Prag in Böhmen, und trillert dem Vater so perlende Kadenzen vor, daß der spröde Lehrer von glühender Begierde entzündet wird, einen solchen Sänger seinen Schüler nennen zu dürfen.«

»Willst du schweigen, Spötterin! – Das ist nun meine erste Verwandlung. Die zweite wuchs aus derselben hervor; aber sie war gar viel schwieriger. Denn zuerst hatte ich nur meinen Namen verwandeln müssen; jetzt aber mußte ich mich selbst verwandeln. Ich durfte nicht aus meinen vier Pfählen herausgehen, an keinem öffentlichen Orte mich zeigen, keine Besuche machen, keine Bekanntschaft anknüpfen. Denn wie hätte ich sonst meine Doppelrolle auch nur drei Tage spielen können in diesem kleinen Nest, in diesem neugierigen Schlosse, wo der Fürst selbst sich an jedem Morgen die Thorzettel vorlegen läßt, damit er jede Mücke kennt, die in seine Residenz aus oder ein geflogen ist! Wenn's stürmt und regnet, daß man keinen Hund vor die Thür jagt, dann gehe ich spazieren; in stichdunkler Nacht schaue ich mir das Innere der Stadt an und die neuen Prachtbauten des Fürsten. Nur zur Mittagessensstunde, wenn alle ordentlichen Bürger bei Tische sitzen, wage ich einmal über die Straße zu schlüpfen und verhülle mir dann das Gesicht (das ich sonst so gern recht offen zur Schau trug), als hätte ich Zahnweh –«

»Und dennoch,« unterbrach Cornelia, »würde deine Verwandlung nicht lange Stich gehalten haben, wenn mein Vater nicht ganz außer der Welt lebte, begraben in den Wust seiner Noten und Instrumente, wenn er nur ein klein wenig neugieriger wäre –«

»Etwa so neugierig wie seine Tochter Cornelia,« fiel Franz ein. »Denn die witterte alsbald etwas von der Metamorphose. Ja, Cornelia, und hättest du nichts davon gewittert und hättest mir nicht einen Zauber angethan, ich würde den Anton Howora selber bald wieder nach Böhmen heimgeschickt haben. Und gälte es die Triller des Orpheus und die Koloraturen des Arion zu erlauschen, so wäre es doch mit dieser Verwandlung auf die Dauer zu teuer bezahlt gewesen. Denn indem ich der größte Sänger geworden, wäre ich zugleich vor Langeweile gestorben. Ein mächtiger Gott mag Apoll sein, doch mächtiger noch ist Amor. Da sitze ich nun zu Hause, studiere wie ein Narr, nur um nicht unter die Leute gehen zu müssen, – studiere mich, ohne es selbst recht ernstlich zu wollen, zum größten Sänger, bloß um einer Liebeskomödie willen – wahrlich, Cornelia, als Leander den Hellespont durchschwamm, zeigte er nicht größeren Liebesmut. Und dennoch werde ich bereits hier und dort erkannt in der Stadt. Nicht lange mehr hält das Spinngewebe unseres Geheimnisses. Wir müssen auf neue Verwandlung sinnen. Denn das schwöre ich dir bei dieser großen Brezel und bei meiner noch viel größeren Liebe, mein Vater, der gutmütigste Mann, wäre unversöhnlich, wenn er hinter solchen Betrug käme. Wenn ich mir dächte, daß er jemals einen Fuß in diese Wohnung setzen könnte, dächte, daß er hier seinen Sohn überraschte als Schüler seines Todfeindes, in verliebter Zwiesprach mit seines Todfeindes Tochter, wenn ich mir vorstelle das Entsetzen, die Wut in den Zügen des dicken gutmütigen Mannes – –! ein Schlaganfall wäre bei seiner Korpulenz – – –«

Drittes Kapitel.

– – Da öffnete sich die Thür, und herein trat der dicke Mann selber, der Hofkapellmeister Ignaz Lämml!

– – »unausbleiblich!« vollendete Franz, und der Schreck trieb ihm dieses letzte Wort überlaut, gleichsam als einen artikulierten Schrei des Entsetzens aus der Kehle, und das junge Paar flog davon in ein Seitengemach, als habe es ein Gespenst gesehen.

Erstaunt blickte Ignaz Lämml rundum. Er hatte den Fliehenden nicht erkannt.

»Das ist seltsam!« sprach er bedächtig zu sich selber und kopfschüttelnd. »Ich hatte gefürchtet, zur Thür hinausgeworfen zu werden, wenn ich hier eintrete, statt dessen springen die Leute von mir weg wie der Floh vom Betttuch! Was rief mir der Bursche entgegen? ›Unausbleiblich!‹ – Unsinn ist das und das Komödiantenvolk verrückt!«

Nach diesem Selbstgespräch nahm der Hofkapellmeister eine Prise und dachte darüber nach, woher es wohl komme, daß alle großen Musiker Tabakschnupfer seien.

In überwallender Rührung und Dankbarkeit über die Rettungsthat seines Sohnes, die ihn aus der verzweifelten Klemme von Pyramus und Thisbe gerissen, hatte sich Ignaz Lämml zu dem unerhörten Schritt entschlossen, die Schwelle seines Todfeindes zu überschreiten. Heute war Franzens Geburtstag. Der Alte hatte lange gesonnen, was er wohl thun möge, um dem unvergleichlichen Sohn die höchste Ueberraschung und Freude zu bereiten. Da fiel ihm ein, wie dringend ihn Franz vor einiger Zeit gebeten, daß er die letzten Feinheiten der Gesangskunst noch bei Dal Segno erlernen dürfe. Mit groben Worten hatte er damals den Sohn zurückgewiesen. Wie that das dem weichherzigen Vater jetzt in der Erinnerung weh! Nun, wo sich Franz so edelmütig gerächt, hätte er fast geweint über seine vormalige Grausamkeit, denn dem dicken, zartgebackenen Mann rollten die Thränen gar leicht über das runde Gesicht. Da nahm er sich vor, zur Buße für seine Hartherzigkeit, als Zeichen des höchsten Dankes gegen den Sohn und zugleich zur glänzendsten Geburtstagsüberraschung selber zu Dal Segno zu gehen, dem Todfeind Frieden und Versöhnung zu bieten, und es koste, was es wolle, dem Sohne den Unterricht des eigensinnigen Italieners auszuwirken.

Der Gang von dem Flügel des Schlosses, wo des Gesangmeisters Wohnung, war dem guten Lämml, der nicht nur den Sohn überraschen wollte, sondern auch sich selbst überrascht hatte, in der That zu einem Bußgang geworden, so qualvoll, als hätte er einen mit Erbsen bestreuten Weg auf den Knieen abgerutscht. Aber der heitere Gedanke, was wohl sein Franz nachgehends für Augen machen möge, hielt ihm den Mut aufrecht.

Da stand er nun ganz allein in der Stube, schwur sich zu, sich auch durch den heftigsten Grobheitsangriff des Italieners nicht aus seiner Fassung bringen zu lassen und jeden Feuerbrand der Beleidigung, den jener gegen ihn schleudern würde, sofort mit einem vollen Wasserguß der ergebensten Freundlichkeit abzulöschen – und betrachtete dabei die ungeheure Brezel.

Neugierig, wie er war, ging der Alte schnüffelnd im Ring um die Brezel herum, und naschhaft war er auch, drum nahm er ganz verstohlen eines der Stückchen, welche das Liebespaar abgeschnitten hatte, und kostete das treffliche Gebäck.

Und wie er nun just den ersten Bissen im Munde hat, das entwendete Stück in der Hand, da tritt der Italiener ins Zimmer, gleichfalls von außen kommend.

Eben hatte Maestro Dal Segno draußen die Mär von der verhängnisvollen Brezel vernommen, von dem Einsteigen in sein Zimmer, welches den allerhöchsten Zorn Seiner Durchlaucht erregt, aber keiner wußte ihm noch den Frevler zu nennen. Das rührte ihm schon die Galle.

Da muß er nun gar beim ersten Schritt über die Schwelle die zwei Gegenstände seines höchsten Aergers mit *einem* Blicke sehen: die Brezel und den Hofkapellmeister.

Die Brezel lag groß, ruhig und würdig da, aber der Kapellmeister stand neben ihr wie ein Schulknabe, den der Lehrer auf frischer Frevelthat ertappt. Er konnte nur Verbeugungen machen, denn der Bissen des trefflichen Gebäckes erstickte ihm jedes Wort seiner wohlbedachten Anrede im Munde.

So standen sich die beiden eine gute Weile gegenüber, Kampf-
hähnen vergleichbar, welche, die Flügel auf den Boden aussprei-
zend, gegenseitig auf den ersten Angriff warten.

Endlich aber kam beiden zu gleicher Zeit die Sprache wieder, und
der entfesselte Strom brauste über den gebrochenen Damm.

Der Hofkapellmeister begann: »Heute, als am Geburtstage –«

»Also auch Sie sind bei dieser sauberen Geburtstagsgeschichte be-
teiligt, auch Sie sind verflochten in das Komplott mit dieser Brezel!«
unterbrach der Italiener.

»Heute, als am Geburtstage meines Sohnes Franz, Herr Kollega,«
fuhr der Deutsche mit höchster Gelassenheit fort.

»Ah so! bitte um Verzeihung!« rief der Italiener etwas erleichtert
dazwischen.

»Heute, als am Geburtstage meines Sohnes Franz –« der Deutsche
war nun durch die verteufelte Brezel doch konfus geworden. Drei-
mal noch wiederholte er diesen Anfang seiner wohlstudierten Rede,
konnte aber nicht weiter, ließ die wohlgesetzte Phrase fallen, modu-
lierte aus dem hochdeutschen Eingang in seine angestammte breite
Wiener Mundart und sprudelte einen schwer zu entwirrenden
Knäuel von Sätzen heraus, in welchen er dem aus den Wolken ge-
fallenen Italiener den Wunsch darlegte, daß aller Groll zwischen
ihnen vergessen und vergeben sei und daß der Maestro seinen
Sohn Franz unter die Zahl seiner Schüler aufnehmen möge.

Dal Segno maß unseren Ignaz Lämml mit großen Augen vom
Kopf bis zu den Füßen. Endlich fuhr er in trotzigem Tone heraus:
»Ich kenne Ihren Sohn nicht; ich nehme keinen unbekannten Schü-
ler. Wer ist er? Wo ist er? Was ist er?«

Der Kapellmeister hatte aber die Gewohnheit, wenn eine Aufwal-
lung in ihm kochte, die er niederkämpfen wollte, gewisse gangbare
Rouladen vor sich hin zu singen, gleich wie andere zu demselben
Zwecke das Einmaleins im stillen durchrechnen. Das machte sich
nun gar ergötzlich, wie er, die Hände in den Rocktaschen, so vor
sich hin sang, während ihn der Italiener von Kopf zu Fuß großaugig
musterte. Auf die trotzig hervorgestoßenen Fragen aber erwiderte

er ganz gelassen: »Mein Sohn ist mein und der besten Wiener Meister Schüler und befindet sich hier bereits seit mehreren Monaten.«

»Seit mehreren Monaten? Und doch hat man noch gar nichts von ihm gehört! – *Gehört!*« wiederholte der Italiener mit starker Betonung, darin Verachtung und Spott gemischt war, und wie zur Erläuterung des Doppelsinnes in dem Worte »gehört« sang er dem anderen einige Triller und Kadenzen in die Ohren, die sich mit den Beruhigungsrouladen des Kapellmeisters zu einem höchst wunderlichen Duett verschmolzen.

Der Kapellmeister hielt die Ohren zu und rief so laut, als sei er in einer Mühle: »Die größten Sänger vollendeten immer ihre Studien im Verborgenen, um dann als fertige Meister die Liebhaber zu überraschen, die tadelsüchtigen Momos aber mit einem Schlag niederzuschmettern!«

»Ich bedaure, keinen neuen scholarem annehmen zu können, Herr Kollega; ein junger Sänger vom seltensten ingenio, Anton Howora aus Böhmen, hat dermalen meine ganze Lehrthätigkeit für sich hinweggenommen. O, ein wahrer Juwel von einem Sänger ist dieser Howora!«

»Howora? Von dem hat man ja noch gar nichts gehört! – *Gehört!* Herr Kollega!« rief der Kapellmeister, den giftigen Ton des Italieners nachahmend und sang nun ihm einige Triller und Kadenzen in die Ohren.

Maestro Dal Segno aber parodierte nun seinerseits mit eiskaltem Gleichmut, ebenfalls überlaut, als sei er in einer Mühle: »Die größten Sänger vollendeten immer ihre Studien im Verborgenen, um dann als fertige Meister die Liebhaber zu überraschen, die tadelsüchtigen Momos aber mit einem Schlage niederzuschmettern!«

Eine lange Pause trat ein: die Kampfesruhe zweier Fechter, welche sich eine Weile gemessen haben, ohne daß einer einen Vorteil hätte erringen können.

Der Hofkapellmeister schritt, seine Beruhigungsrouladen singend, langsam im Zimmer auf und ab.

Den Italiener aber ließ seine Heftigkeit nicht lange schweigen.

»Obgleich der Herr Hofkapellmeister noch nichts gehört haben von dem unübertrefflichen Sänger Anton Howora, so ist doch dessen große Reputation zu den Ohren Ihrer Durchlaucht der Frau Fürstin gedrungen, und Ihro hochfürstliche Gnaden haben mir bereits die beste Hoffnung gemacht, daß mein Schüler demnächst als Solotenorist und Hofsänger in Ihrer Kapelle angestellt werde.«

Da platzte dem Kapellmeister die Geduld, und entzwei riß ihm der Faden der Beruhigungsroulade. Glühroten Gesichtes rief er: »Das ist gelogen, Herr Kollega! *Meinem Sohn* hat die Fürstin Hoffnung gemacht auf die vakante Hofsängerstelle und nicht Eurem namenlosen Howora oder Gomorrha – Sodom und Gomorrha! – oder wie er sich sonst ins Dreiteufels Namen schreibt.«

Der Italiener zitterte vor Wut. Aber in dem Maße wie der Wiener rot wurde gleich einer Klatschrose, ward er kreideweiß, und während jener tobte, ward er jetzt ganz still; der höchste Zorn wandelte ihn in ein Steinbild, wie er jenen zum wütenden Ajax umschuf.

Zum Hohn sang nun auch noch der Italiener ganz kaltblütig die Beruhigungsrouladen des Kapellmeisters.

Der horchte auf. »Es scheint, Ihr spielt nun meinen Part, Herr Kollega! Da heißt es fürwahr dal segno, Herr Dal Segno, da capo dal segno!«

Der Italiener erwiderte mit eisiger Gelassenheit: »Wer einen Namen trägt, wie Ihr, Lämml, der muß nicht Wortspiele machen mit anderer Leute Namen. Denn man sagt, nur aus Bescheidenheit gebt Ihr's so klein und nennt Euch Lämml, während Ihr doch eigentlich vollen Rechtsanspruch hättet, den Namen eines ausgewachsenen Schafes zu führen. Andere dagegen meinen, nein, so stehe es nicht, es sei nur ein Buchstabe verwechselt worden in Eurem Namen und der Lämmel sollte eigentlich der Lümmel heißen.«

So etwas läßt sich ein Hofkapellmeister nicht bieten.

»Heiße ich der Lümmel, dann will ich auch der Lümmel sein!« rief er, und der dicke Wiener sprang mit einem Satz, den ihm kein Mensch zugetraut, auf den Italiener los, packte ihn mit beiden mächtigen Armen, hob ihn in die Höhe, hielt, anzuschauen wie der starke Mann, der sich auf dem Jahrmarkt sehen läßt, den Welschen schwebend in der Luft und schrie, hinaufschauend zu dem zornesblassen Nußknackergesicht: »Nicht eher sollst du mir loskommen, du hochkrähender welscher Hahn, bis du mir Satisfaktion versprochen hast, Satisfaktion auf der Stelle, Degen gegen Degen!«

»Laßt mich los!« ächzte der Italiener. »Ich verspreche Euch Satisfaktion.«

Da setzte der dicke Wiener das kleine Männlein wieder auf den Boden nieder, und verwunderte sich, wie es schien, über sein eigenes Heldenfeuer; denn er ward vom Augenblicke an wieder ganz der weiche Sanguiniker und zog seinen kleinen Paradedegen mit unbeschreiblichem Gleichmut.

Da sprach der Italiener: »Musikanten fechten nicht mit dem Degen; steckt doch das Ding da in die Scheide! Musikanten kämpfen mit Gesang. Wohlan! Ich stelle meinen Kämpfer: den Anton Howora, und in ihm stelle ich zugleich mich selber; denn Schmach treffe den Lehrer, wenn der Schüler unterliegt. Ihr aber lasset Euren Sohn wettsingen mit meinem böhmischen Amphion. Ueber diese beiden entbrannte der Kampf: so möge auch die Entscheidung in ihre Hände, will sagen in ihre Kehlen gelegt sein. Auf heute abend haben Ihro hochfürstliche Gnaden eine Serenade im Schloßgarten befohlen. Die werde uns zum Turnier. Stellet Euren Sohn, ich stelle den Böhmen. Die Fürstin hat beiden die Hofsängerstelle verheißen: so möge Ihro Durchlaucht selber heute abend entscheiden, wer von beiden solcher Gnade würdig ist.«

Der Kapellmeister willigte ein und schlug als Aufgabe des Kampfes das Duett des großen Scarlatti vor: »Blickt gnädig, hellglänzende Sterne der Liebe!«

»Gerade dieses Duett singt Howora göttlich, unübertrefflich!« fuhr der Italiener heraus.

»Es ist eine unübertreffliche Leistung meines Sohnes,« entgegnete der Deutsche.

»Die große Schlußkadenz singt Howora mit einem Atem, der drei Ellen lang ist.«

»Gerade das ist meines Sohnes Bravourstück.«

»Howora schlägt einen Triller auf dem letzten hohen C.«

»Auf dem letzten hohen C schlägt auch mein Sohn einen Triller.«

Sie waren nahe daran, sich abermals in die Haare zu fahren; denn was der eine von Howora rühmte, das rühmte genau auch der andere vom Franz Lämml.

Als sie sich trennten, sprach der Welsche zu sich: »Der deutsche Esel wird die Weisen des göttlichen Scarlatti herausheulen wie der Nordwind, der das ganze Jahr über dieses hyperboräische Land dahinfährt!«

Und der Deutsche sprach zu sich: »Die Böhmen sind alle falsch, und wer falsch ist, der singt auch falsch. Wie will dieser italienische Windbeutel dem Böhmen den tiefsinnigen Scarlatti lehren, den er selbst nicht versteht, den Scarlatti, bei dem sogar unser Händel Schule gemacht?«

Als die beiden Alten das Zimmer verlassen, schlüpfte das junge Paar aus seinem Versteck, von wo es die ganze Zwiesprache belauscht.

Bei Franz hatte es wie ein Blitz gezündet, da er die Aufforderung des Italieners zu einem Sangeswettkampf zwischen Howora und dem jungen Lämml vernahm. Sofort war ihm der Gedanke zu einer neuen Intrige gekommen, um ihre Liebeskomödie, die schon dem Schiffbruch so nahe, wieder in die sicherste Strömung zu steuern. Aber das Gelingen heischte die kühnste Hand des Steuermannes und eine seltene Gunst von Wind und Flut. Indes sich die Alten noch stritten, hatte er bereits die Grundzüge der neuen Eingebung flüsternd mit Cornelia durchgesprochen. Die List des gewürfelten Burschen entzündete weitere List in dem Kopfe des schlauen Mädchens, und wo ein so durchtriebenes Paar gemeinsame Pläne webt, da muß wohl ein feines Netz zu stande kommen.

»Also abermals eine neue Verwandlung!« sprach Franz, als sie beide in das von den Vätern verlassene Zimmer traten. »Und diesmal mußt du, Cornelia, die Verwandelte sein.«

Cornelia wollte noch einigen Einwand erheben, Franz aber schlug ihn zurück mit den Worten: »Wie kannst du zaudern, dich auf eine halbe Stunde in die höchst ehrenwerte Gestalt des Franz Lämml zu verwandeln, wo du doch diesem Franz bald ganz zu eigen gehören willst, mit Leib und Seele, und deinen Namen für den seinigen hingeben wirst für all deine Lebtage?«

Und das sprach er so fein und zärtlich, daß Cornelia verschämt zunickte und, dem Arme, den er um ihren Nacken schlingen wollte, sich entwindend, in ihr Kämmerchen schlüpfte. Von dorther aber konnte man sofort wieder ein helles, herzliches Lachen des wunderlichen Kindes hören.

Franz aber ging nun auch rasch von dannen; denn die Stunden waren gezählt und Unzähliges noch hatte er zu rüsten für das kecke Wagestück des heutigen Abends.

Doch indem er eben die Thür öffnet, tritt sein Vater ihm entgegen. Neue Scene des höchsten Erstaunens.

Franz verfärbte sich einen Augenblick, sprach aber sofort mit unbeschreiblicher Dreistigkeit: »Eben suchte ich dich auf, lieber Vater! Ich habe dir zu beichten, höchst merkwürdige Bekenntnisse abzulegen« (das Beste soll er aber doch nicht erfahren, dachte er im stillen Sinn). »Wundere dich nicht, mich hier zu treffen. Schon seit Wochen gehe ich aus und ein in diesem Hause und ergründe Dal Segnos Kunstgeheimnisse. – Unterbrich mich nicht! – Ich weiß von dem Schimpf, den dir der Italiener eben angethan, von der Ausforderung gegen einen gewissen Anton Howora. – Unterbrich mich nicht! – Ich will dich rächen. Der Italiener soll selber vor dem ganzen Hofe bekennen, daß sein Schüler nichts bei ihm gelernt habe. Aber folge mir, hinweg aus diesem Hause –«

»Nur ein Wort noch muß ich mit dem Italiener reden –«

»Nicht doch, Vater! Folge mir!«

»Aber so höre doch, toller Junge! Auf ein Duett von Scarlatti habe ich den Esel gefordert, und Howora singt Tenor, und der welsche Pinsel bedachte nicht, daß die andere Stimme Sopran ist! Also muß ein anderes Duett gewählt werden –«

»Nein! Nein! Das ist gerade recht. Tenor und Sopran. Ich will schon meinen Sopran stellen –«

»Der Junge ist verrückt!«

»Nur fort mit mir, Vater, hinweg von dieser Schwelle, und ich will dir mein Komplott gegen den Italiener enthüllen, daß du staunen sollst, wie scharf ich noch meine fünf Sinne beisammen habe.«

Er sprach's und riß den Alten fast gewaltsam hinweg und führte ihn unter die Säulengänge des Schloßhofes, wo sie auf und ab spazierend lange ins Gespräch tief versunken waren. Die Mienen des Alten heiterten sich allmählich auf, und zuletzt schien er von der lustigsten Laune erfüllt. Doch sah man, wie er dann zuweilen wieder stutzte, abwehrte, Bedenken vorbrachte. Und zwischen dem Rauschen des großen Schloßbrunnens, welches den größten Teil des halblaut geführten Gespräches verschlang, konnte man zuletzt die Worte Franzens vernehmen: »Aber bedenke, Vater, es ist ja nur für eine halbe Stunde, es ist ja nur zur Demütigung des Italieners, daß du seinen Schüler für den deinigen ausgibst und ihm deinen Schüler überlässest; es ist ja nur, damit er selber vor dem ganzen Hofe bekenne, daß dein Schüler unübertrefflich, der seinige aber nichts bei ihm gelernt habe.«

Hier wurden sie durch einen Bedienten des Fürsten unterbrochen, welcher den Befehl an Franz Lämml brachte, heute nachmittag vor Seiner hochfürstlichen Gnaden zu erscheinen.

»Den gleichen Auftrag habe ich auch an einen gewissen Anton Howora. Ihr könnt mir wohl die Wohnung des Mannes bezeichnen.«

»Mehr noch!« rief Franz. »Ich will sogar den Auftrag selber ausrichten. Howora ist mein bester Freund und Ihr würdet ihn doch schwer auffinden.«

So ging denn jeder von den dreien seiner Wege.

Der Kapellmeister aber nahm, durch den Schloßhof schreitend, eine Prise und sprach zu sich selbst: »So sind wir Deutsche doch gutmütige Narren! Der Italiener würde mich mit aqua toffana vergiften, durch einen Banditen erdolchen lassen, wenn wir jetzt in Welschland wären. Ich aber räche mich nur, indem ich in einer Komödie mitspiele, die so verwickelt ist, daß der Gedanke an ihre Durchführung mir die ganze Verdauung des heutigen Mittagessens stören wird – und was kommt zuletzt dabei heraus? Eine ganz harmlose Demütigung des Gecken! Wir lachen ihn bloß aus, wo er uns ermordet hätte.«

Mit diesen Gedanken strich er unter dem Fenster seines Feindes vorbei.

Da rief Maestro Dal Segno herab: »Hören Sie! Auf ein Wort! Wir müssen ein anderes Duett wählen! Die erste Stimme bei Scarlatti ist – das bedachten wir vorhin wohl nicht – ist Sopran!«

»Eben darum bleibt's bei dem Duett, Herr Kollega, denn mein Sohn singt Sopran!«

»Das ist stark!« sprach der Italiener bei sich, indem er das Fenster zuschlug. »Das hätte ich dem dicken Deutschen nicht zugetraut! Hat der Kerl aus musikalischem Fanatismus seinen Sohn gar zum Kastraten machen lassen!«

Viertes Kapitel.

Wir kehren zurück zu dem Maler Friedrich Bergmann, um ihn in seinen Arrest zu begleiten.

Solcher Arrest war aber zu selbigen Zeiten bei der Hofdienerschaft etwas Alltägliches und so wenig ehrenrührig als Festungsarrest bei den Offizieren. Der Schloßturm war zu dem Ende mit Arreststuben von dreierlei Art versehen. In der untersten büßten die Hausknechte, Stubenheizer und Lampenanzünder ihre Disziplinarvergehen, in der zweiten die Bedienten und Lakaien, in der obersten die Hofoffizianten. Obgleich nun Bergmann eigentlich gar nicht zu den Hofdienern gehörte, sondern nur zeitweilig im Auftrage des Fürsten malte, so war der Schließer doch so artig, ihn aus Rücksicht auf seine Künstlerschaft in das »Offiziantenprison«, wie er's nannte, sperren zu wollen. Häufig fand sich dort recht gute Gesellschaft zusammen; heute aber stand das behaglich eingerichtete Zimmer noch ganz leer.

»Ich will Menschen sehen! Ich kann nicht allein sein!« rief der Maler in wildem Unmut. »Guter Freund, führe Er mich ins Lakaienprison.«

Allein auch das Lakaienprison stand leer, nicht weil es an Sündern gemangelt hätte, sondern der Hoffourier, der Meister der Lakaien, war heute gerade bei Laune gewesen, summarisch zu verfahren und hatte die Lakaien, welche sich im Dienste verfehlt, bloß durchgeprügelt mit dem großen Amtsstock, der dazumal noch Scepter und Schwert zugleich in seiner Hand war, indes er gegenwärtig zum bloßen Scepter sich vereinfacht hat.

Aber im Hausknechtsprison war Gesellschaft zu finden, schlechte Gesellschaft freilich, wie der Schließer meinte; nämlich der Hundejunge, der alte Adam Happeler, kurzweg der Hundeadam genannt.

»So führt mich zum Hundeadam!« rief Bergmann, und der Schließer willfahrte kopfschüttelnd.

Adam schien sehr unempfindlich zu sein gegen die Ehre, welche ihm durch den Besuch des Künstlers widerfuhr. Ohne dessen Gruß zu erwidern, glotzte er ihn großaugig an, und als Bergmann ihn durch ein paar freundliche Worte aufzurütteln suchte, verzog er, immer noch schweigend, seine Gesichtsmuskeln zu dem Grinsen eines vollendeten Affenkopfes.

Es war aber der Hundeadam berühmt, ja sprichwörtlich in der ganzen Gegend wegen seines Gesichterschneidens, denn nicht bloß unwillkürlich kam es ihm zuweilen an, sondern er konnte seine Züge zu beliebigem Ausdruck auch frei gestalten, mit der Virtuosität eines großen Schauspielers.

Bergmann, der bisher lediglich in seinen Unmut versunken war, fühlte sich gerührt durch das Schweigen und die hieroglyphische Freundlichkeit im Gesichte des armen Teufels. Und wie ein erwärmender Sonnenstrahl fiel plötzlich der Gedanke in seine trübe Seele, sich recht menschlich und brüderlich dem verachteten Hundeadam zu nähern, ihn in Wohlwollen zu sich heranzuziehen und, indem er Erquickung einer anderen Seele bereite, den Frieden in die eigene Brust zurückzuführen.

Der milden, schonenden Teilnahme des Malers konnte Adam in der That nicht lange widerstehen. Sein Grinsen wandelte sich in ein Schmunzeln und behagliches Lächeln. Er taute auf. Und ehe eine halbe Stunde vergangen war, hatte der Maler ein gemütliches Gespräch in Fluß gebracht.

So waren sie bald zu dem nächstliegenden Gegenstand gekommen, den zwei Arrestanten miteinander zu erörtern pflegen: zu dem Anlaß ihrer Einsperrung. »Keinem anderen Menschen würde ich beichten,« sprach Adam, »aber Euch, Herr Bergmann, beichte ich so gern wie ein Römischer einem Kapuziner; denn das soll Euch ewig gedankt sein, daß Ihr Euch so freundlich gemein macht mit mir. Halb bin ich mit Schuld hierher gekommen, halb mit Unschuld. Wenn ich das nur den Leuten verdeutschen könnte!«

»In jeder Schuld des Menschen steckt allezeit auch Unschuld, Adam,« sprach Bergmann ernst vor sich hin, »niemals ist der ärgste Bösewicht ganz schuldig, so gut wie auch der Reinste niemals ganz schuldlos ist. Die Weisesten aber mühen sich vergebens, dieses Rätsel zu verdeutschen, darum tröstet Euch, Adam, wenn Ihr es auch nicht könnt.«

»Gut! So will ich Euch denn erzählen von der Schuld in meiner Unschuld, wie Ihr's nennt, und von der Schuldlosigkeit in meinen Sünden. Aber da muß ich von vorne anfangen.«

Bei diesen Worten kroch der Hundeadam aus der dunklen Ecke hervor, wo er bisher gekauert. Das helle Licht fiel auf seine scharfen fleischlosen Züge, die man je nach Umständen für die Züge eines großen Genies, eines großen Verbrechers oder eines großen Narren halten konnte.

Er begann.

»Vor vier Jahren noch war ich ein Fuhrmann, ein armer Fuhrmann, aber doch mein eigener Herr und hatte immer Brot über Nacht im Haus. Ich hatte ein Pferd, damit fuhr ich Holz und Steine zu den fürstlichen Bauten und leistete Vorspann; das Pferd ernährte mich. Ihr kennt den schlechten, steilen Weg an der Schellenwiese? Wohl! Dort fuhren wir eines Tages Holz, während der Fürst gerade mit seinem italienischen Baumeister auf dem Felsvorsprunge neben dem Wege stand, um den lustigsten Platz für das neue Jagdschloß auszusuchen. Zwei tüchtige Rappen waren vor unseren Holzwagen gespannt, mein Pferd ging voran als Vorspannpferd, müßig im Augenblicke; denn wir fuhren den Berg hinunter. Da können die Deichselpferde inmitten des furchtbar steilen Abhanges den Wagen nicht länger einhalten. Erst rollt er eine Strecke vorwärts. Dann wird er durch einen mächtigen Buckel des Weges plötzlich im jählingen Hinabschießen seitwärts geschleudert, und in allen Fugen krachend stürzt er wider den steilen Rain zusammen. Mein Pferd hatte zurückgescheut, so war es zwischen den Rain und den Wagen gekommen und von dessen gewaltiger Wucht auf der Stelle erdrückt worden – – Aber was macht Ihr denn, Herr Maler? Schreibt Ihr Protokoll von meiner Geschichte? Dann erzähle ich kein Wort weiter!«

»Nicht doch, Adam. Ich bin kein Schreiber, sondern ein Maler, und nur dein Gesicht möchte ich ein wenig zu Protokoll nehmen.« Bei diesen Worten zeigte Bergmann dem Happeler sein Skizzenbuch, in welchem er eben die ersten Umrisse von dessen Gesicht zu zeichnen begonnen hatte. Denn der Erzähler hatte seine Geschichte mit einem so lebendigen und charaktervollen Mienenspiel begleitet, daß der Maler sich nicht enthalten konnte, zum Bleistift zu greifen, damit er eines oder das andere der berühmten Gesichter des Hundeadam erhaschen möge.

»Also mein armer Fuchs war zerschmettert! Und da stand ich nun händeringend, und das Blut stieg mir in den Kopf vor unbändigem Schmerz, und ich konnte kein Wort reden, als daß ich zum öfteren gen Himmel rief: ›O, du lieber Herrgott, was habe ich wider dich gesündigt, daß mich deine Hand so schwer trifft!‹ Die beiden Deichselpferde, losgeschirrt, gleichfalls hart beschädigt, steckten in der stummen Trauer, womit diese sprachlosen Tiere dem Menschen das Herz bewegen, die tief herabhängenden Köpfe zusammen und beschnupperten sich gegenseitig. Wahrhaftig, diese zwei Gäule waren die einzigen zwei Kreaturen, welche im Augenblick noch menschlich mit mir zu fühlen schienen. Denn die anderen Fuhrleute fluchten; der Fürst aber kam herzu und drückte mir zwei blanke Gulden in die Hand und ging wieder weiter, um sich einen lustigen Platz für sein neues Jagdschloß zu suchen. Ich nahm aber die fürstlichen zwei Gulden gedankenlos hin; denn meine Sinne waren bei den zwei Gäulen, die sich und mich so mitleidig und betrüblich anschauten, als den einzigen menschlichen Kreaturen, die außer mir auf dem Platze waren!

»Jetzt also war ich ein armer Mann geworden: das Pferd war ja mein Vermögen gewesen. Arm ohne meine Schuld. Die zwei Gulden des Fürsten aber brachten mir die Sünde zum Elend. Ich hatte sonst immer geglaubt, der Fürst sei ein Mann wie der liebe Gott, und wo er zugegen, da werde er alsbald alles Leid in Freude verwandeln. Und nun waren die zwei Gäule die einzigen mitfühlenden Kreaturen auf einem Platze gewesen, wo auch der Fürst zugegen war! Ich ergrimmte über die zwei Gulden, für die ich mein Leid nicht in Freude wandeln und mir kein neues Pferd kaufen konnte, und dachte Dingen nach, denen ich niemals nachgedacht. Zum Exempel: warum der Fürst nicht lieber den sündlich schlechten Weg bessern lasse, statt sich zu sechs Jagdschlössern noch das siebente zu bauen. Trotzig ward ich im Gemüt, und weil ich trotzig war, kam der Fluch über meine Armut. Unverschuldet war ich arm geworden, und doch kam die Sünde über mich, weil ich arm war. Das weiß nur Gott zu reimen. Hätte mir der Fürst nicht die zwei Gulden gegeben und mit den zwei Gulden den Teufel des Trotzes und des Unmutes, so hätte ich im Segen einer schuldlosen Armut weitergelebt und gewiß wieder bessere Tage gesehen. So aber kam ich immer tiefer ins Elend und durchs Elend in die Sünde. Ich will Euch an einem Beispiel zeigen, wie ich's allgemach in selbiger Zeit trieb. An einem Herbstabend gehe ich den Fluß entlang gegen den Wald zu, in der Tasche aber hatte ich zweierlei Schlingen, von starkem Draht und von Roßhaar – Ihr wißt schon wozu! – nicht um Spatzen zu fangen! Wie ich nun so an dem milden Abend durch das stille Thal gehe, da wird mir's ganz fromm zu Mut, und ist mir, als ginge ein Engel Gottes neben mir, daß ich eben in die Tasche greifen und die verteufelten Schlingen in den Fluß schleudern will. Da höre ich die Tafelmusik fernher aus dem fürstlichen Schloß erklingen, Pauken und Trompeten, Flöten und Hoboen in jubelndem Wettgesang! Und auch vom anderen Ufer herüber erschallte Musik, eine Geige und eine Pfeife, und ich sah, wie drüben auf der Wiese die Bauernbursche mit ihren Mädeln tanzten, und hörte sie manchmal mit heller Stimme singen. Vor dem Unglück hatte ich auch mitgetanzt. Da ging mir die Seele über aus dem stillen Frieden bald in verbissenen Unmut, bald in weichen Trübsinn, daß ich that, was ich seit meiner Mutter Tode nicht gethan, daß ich anfing zu greinen. Aber die Schlingen behielt ich nun vorerst doch in der Tasche.

»Nun kam ich in den Wald. Da warf ich mich auf den Boden und las mir Bucheckern zusammen zum schmalen Abendbrote; denn der Hunger biß mich sehr. Es kam aber ein Mann des Weges, ein reicher Hofbauer, der sah meine traurige Gestalt und meine elende Mahlzeit und sprach: ›Freund, Ihr müsset wohl ein gar armer Mann sein, daß Ihr so zerlumpt hier sitzet und die Bucheckern speiset, welche Euch die Eichhörnchen übrig gelassen!‹ Und er legte mir ein paar Kreuzer in den Schoß des Kittels. Da starrte ich ihn an und räsonnierte inwendig: ›Bin ich denn nun ganz ein Bettelmann? – Hätte mir der Fürst die zwei Gulden gegeben mit solchen Worten wie der Bauer die zwei Kreuzer, ich wäre kein Bettelmann geworden!‹ Und nun zog ich die Drahtschlingen aus der Tasche und legte sie an den Waldsaum, wo die Hasen und Rehe ihren Wechsel haben, wenn sie über Nacht aus den Forsten ins Kraut gehen.«

»Da hast du doch dem Fürsten zu viel Teil aufgeladen an deinen Sünden, Adam!« unterbrach ihn der Maler.

»Meint Ihr! – Ich sage Euch, hätte der Fürst in seiner Art gesprochen, wie der Bauer, ich hätte nimmer gezweifelt, daß er der liebe
Gott auf Erden sei, und mit diesem Glauben hätte ich stille weiter-
gearbeitet in meinem Unglück und mich zuletzt herausgearbeitet.
So aber weckte er mir den Trotz und mit dem Trotz das Räsonnieren und mit dem Räsonnieren die Tagdieberei. Ich und der Fürst,
Herr Maler, wir beide werden's am jüngsten Tage gemeinsam zu
verantworten haben, daß ich den Rehen Schlingen legte!«

Wunderbar waren die Gesichter gewesen, die Adam zu dieser
Erzählung geschnitten. Züge des Trotzes, des Hohnes, der Verzweiflung, der stillen, milden Betrübnis wechselten miteinander,
seine Erzählung begleitend, wie Bilder den Text. Emsig zeichnete
der Maler.

Adam fuhr fort.

»Mit der Tagdieberei ging's eine Weile. Nun reiste selbigesmal
die Braut unseres Fürsten, die Prinzessin Eidechsia, durchs Land
mit ihrem Vater. Eine Lustfahrt gab's mit ihr auf dem fürstlichen
Jachtschiff den Fluß hinab. Da wurden etliche Hofdiener ausge-
schickt ins Land, um allerlei Volk zusammenzuwerben, das an den
Straßen liegt, und wären 's auch Krüppel und Lahme gewesen, wie
im Evangelio, auf daß wir uns am Flusse aufstellten, so wie von
ungefähr, hier einer neben einem Busch, dort einer ins Gras gela-
gert, dort einer auf dem Felsen sitzend, und wenn das Schiff mit der
fürstlichen Braut vorbeifahre, solle jeder aus Kräften rufen: ›Vivat
Augustus! Vivat Eidechsia!‹ Mann für Mann erhielten wir dafür
aber einen Weißpfennig, ein Glas Bier und Käs und Brot. Mich hatten sie auf eine Wiese postiert und mir eine Sense in die Hand gegeben, damit ich aussehe wie ein Bauer. Laut jauchzend rief ich
mein Vivat, und das Echo gab meine Stimme zurück wie Wald-
hornklang. Da fuhr das Schiff ganz nahe ans Land, und die Eidechsia winkte mir, aufs Schiff zu kommen, und fragte mich höchst
gnädig, wer ich sei, wie es mir gehe und dergleichen mehr. Ich
nahm aber kein Blatt vor den Mund, sagte ihr rund heraus, was ich
für ein armer Teufel sei. Das Gesicht, welches ich dazu gemacht, soll
sie besonders gerührt haben. Denn nach einiger Zeit ward ich auf
die Hofkammer beschieden, wo die Herren mir eröffneten, die Prinzessin Eidechsia Durchlaucht habe höchst gnädig für mich gesorgt

und wolle mir ein eigenes Häuschen am Walde bauen lassen, mit einem kleinen Gärtchen dabei.«

»Nun, und das wird dich doch gerührt und gebessert haben, Adam?«

»Gerührt und – verschlechtert, ja! Denn die Geschichte mit dem Vivat war doch nicht fein, Herr Maler, warum sollte mich die gerade gebessert haben? Häuschen und Gärtchen lag ganz wunderschön, es war der schönste Platz auf weit und breit, die Prinzessin hatte ihn nach eigenem Geschmack ausgesucht, und das Häuschen sollte dienen – wie nennt ihr's doch, ihr Maler?«

»Zur Staffage der Landschaft.«

»Richtig! Zur Staffage. Wäre nur diese Staffage nicht gewesen und der Geschmack der Prinzessin! Denn in dem schönen Häuschen konnte ich nicht leben und nicht sterben. Wozu auch ein Häuschen, da ich kein Pferd und kein Gewerbe mehr hatte? Im Gärtchen konnte ich keinen Krautstengel erhalten, weil die Hirsche allnächtlich aus dem schönen Wald kamen und alles abfraßen. Ging ich von meinem schönen Punkte auf Tagelohn in die Stadt, so verlief ich hin und zurück einen viertel Tag Zeit. Und als nun gar der Winter kam, da pfiff der Nordost durch unsere vier Wände, daß wir zuerst mit dem Fußboden, dann mit den Stubenthüren, dann mit den Läden und Fensterstöcken, zuletzt gar mit der Hausthür Herd und Ofen heizten. Dadurch war es aber doch zuletzt etwas zugig in dem kalten Nest geworden, wir zogen aus, und die alte Lumperei ging von vorne an.«

Der Maler hatte mittlerweile ein neues Blatt gezeichnet. Er schwieg, obgleich Adam einhielt, wie wenn er wiederum eine Entgegnung erwartete.

Der Erzähler fuhr also nach einer Weile wieder fort:

»Mein Auszug samt seinen Ursachen konnte im Schlosse nicht lange unbemerkt bleiben. Der Fürst schien einzusehen, daß mich diesmal niemand anderes als die unschuldige Eidechsia durch ihre Staffage und ihren Geschmack ruiniert, und wandte mir abermals seine Hilfe zu. Und wiederum erschien er mir fast so wie früher, als ein Statthalter Gottes auf Erden Aber noch weit verderblicher war sein Geschenk, denn das Häuschen der Prinzessin. Er machte mich zum fürstlichen Oberhundejungen und Hundefütterer und setzte mich zum Ersten unter allen Troßbuben des Hofstaates. Herr Maler, ich bin ein verheirateter Mann, Vater von vier Kindern, und der Aelteste war damals acht Jahre alt, und Fuhrmann war ich meines Zeichens, ruinierter Fuhrmann. Das ist ein Wort! Als ich nun Hundejunge und Troßbube geworden war, machten die Leute Rätsel auf mich, fragten, wo man sich am frühesten verheirate? Antwort: In unserer Residenz; denn hier hätten schon Jungen und Buben Kinder bis zu acht Jahren. Heulend kam mein Kind manchmal aus der Schule heim, wenn sie es höhnten mit dem gottlosen Rätsel. Ei, und ich hätte doch zufrieden sein sollen mit der Stelle! Nein, trotzig ward ich wieder wie vorher. Je mehr mich die anderen geringschätzten, um so vornehmer wollte ich's geben, so vornehm, daß sie mir gewiß mein armes Kind nicht mehr heulen machten. Also fing ich an, flott zu leben wie ein Fuhrmann und nicht wie ein Hundejunge. Wer aber mit großen Hunden will p . . . . . gehen, der muß auch das Bein hoch aufheben können.«

»Das ist ein zynisches Bild, Adam, zu deutsch ein hundemäßiges. Man sieht doch, daß du schon etwas zum Hundejungen geworden bist.«

»Meine magere Einnahme duldete aber das flotte Fuhrmannsleben nicht lange. Da schaute ich mich fleißig um in unserem Hofstaate, und weil ich von ganz unten hinaufblickte und nicht von oben herunter, so sah ich gar manches, was andere Augen nicht sehen. Die hohen Herrschaften regieren, spielen Komödie, machen Lustfahrten, wie's Fürsten ziemt. Die italienischen Musikanten, Komödianten und Schnurranten suchen möglichst viel Geld in ihre Taschen zu raffen, denn sie wissen, daß hier ihres Bleibens doch nicht lange sein wird. Könnte ich nur einmal von der Leber weg mit dem Fürsten reden: ich wollte ihm ein Licht anzünden! Der Hoffourier prügelt den Lakaien, der ein halbverbranntes Lichtstümpfchen zu sich steckt, weil er es selber gern zu sich gesteckt hätte. Der Mundkoch schickt einen Topf mit Schmalz, der angeblich von den Ratten ausgefressen worden ist, dem Mundschenk zum Präsent, und der Mundschenk bringt ihm zwei ganz ausgelaufene Flaschen Burgunder dagegen, die aber noch ganz voll sind. Ei, soll da der Hundejunge allein Hunger leiden und Weib und Kind mit ihm? Nein, das soll er nicht! Was der flotte Fuhrmann in der Stadt verthut, das kann der Hundejunge im Schloß beim Hundefutter wieder einbringen. So gab ich denn meinen Hunden gelegentlich eine Wassersuppe, und wir aßen zu Hause ihre Bouillon, oder ich schnitt ihnen Brot in den Kübel und trug ihr Fleisch meinen Kindern heim. Es ist ihnen recht gesund gewesen – den Hunden meine ich – das Brot und das Wasser, namentlich wegen der Räude. Doch ein Fuchsschwänzer kam dem Ding auf die Schliche, zeigte es an, und nun sitze ich hier im Prison, obgleich ich doch nichts anderes gethan, als was die ganze Hofdienerschaft thut, ja, was ich recht eigentlich erst von ihr gelernt, denn sonst wäre mir eine solche Schelmerei in meinem Leben nicht eingefallen. Der Fürst läßt Springbrunnen im Schlosse anlegen, während die Leute drunten in der Stadt eine Viertelstunde weit laufen müssen, um ihr Trinkwasser an einem Felsenquell zu holen: er baut hier oben gleichsam eine ganze Sippschaft von neuen Palästen nebeneinander, während unten in der Stadt die Leute in Baracken wohnen, daß sich Gott erbarmen möge. Das erwog ich oft zu meiner Beruhigung und sprach zu mir: Hier oben der Hof ist dem flotten Fuhrmann vergleichbar und die da drunten in der Stadt dem Hundejungen, und doch gehört beides füreinander; warum sollte es in deiner zwiegeteilten Person nicht ähnlich sein dürfen, nur mit dem Unterschiede, daß du unten in der Stadt der flotte Fuhrmann bist und hier oben im Schloß der Hundejunge? Seht, Herr Maler, es geht nichts über ein weises Gleichnis!«

Adam schwieg, und der Maler schlug sein Skizzenbuch zu. Drei solche Originalköpfe, wie er sie eben bei den drei Historien dem Gesichte des Hundeadam abgestohlen, waren ihm noch niemals in den Wurf gekommen.

»Adam, Adam!« rief er dann mit erhobenem Finger. »Du hast schier zu viel räsonniert über die Unschuld in aller Schuld. Ich will dir darum auch ein weises Gleichnis sagen, zum Lohn für deine Geschichten, Adam: Die Schlange war schuld an Evas Fall, Eva war schuld an Adams Fall; dennoch wurden Adam und Eva ohne Gnade aus dem Paradies gewiesen. Und was dem alten Adam recht war, das ist auch dem Hundeadam billig.«

Fünftes Kapitel.

Als Friedrich Bergmann seine sechs Stunden abgesessen, schlich er ganz sacht an seine Arbeit; denn er schämte sich jetzt, unter die Leute zu gehen.

Die schöne Cornelia hatte zuzeiten seine Huldigungen freundlich hingenommen, wie die Huldigung so manches anderen. Der deutsche Maler aber begann stracks Häuser zu bauen auf die neckische Artigkeit des welschen Mädchens und dichtete sich in einen ernsten Liebesrausch hinein. Hätte Cornelia das alles genau gewußt, was das deutsche Gemüt so manchen lieben Tag Hohes und Schönes von ihr träumte, sie hätte recht herzlich gelacht. Und mit der großen Brezel hatte es Bergmann heute so ernst gemeint, daß kein Gläubiger sein Opfer mit tieferer Andacht auf dem Altare seines Gottes niederlegen kann, als der Maler seine Brezel vor den glühenden Augen seiner Göttin darzubringen gedachte.

Jetzt schämte er sich, wie gesagt, über allerlei: über sich selbst, über die Brezel, über den Arrest, am Ende gar halbbewußt über seinen ganzen Liebesrausch; denn das Gespräch mit dem Adam Happeler hatte ihn mächtig bewegt, aber wahrlich nicht erhoben, sondern herabgestimmt und einen Geist der Verneinung in ihm geweckt, daß er vor sich selbst erschrak.

So trostlos gemutet, schlich er, wie gesagt, an seine Arbeit.

Es war dies aber ein Werk ganz absonderlicher Art. Der Fürst traute unserem Maler wohl tüchtige Begabung zu, allein – denn er war ja ein deutscher Künstler – um so weniger Geschmack und Leichtigkeit in der Ausführung. Darum bewarb sich Bergmann vergeblich um die Stelle eines Hofmalers. Man trug ihm nur untergeordnete, mehr handwerksmäßige Arbeiten auf, namentlich allerlei Ornamentmalerei bei den fürstlichen Neubauten.

Nun wurde im neuen Schloßflügel ein sogenannter chinesischer Saal angelegt. Reich vergoldetes Schnitzwerk in buntesten Formen, Drachen darstellend, die in Grotten lauerten und von Baumzweigen herab drohten, und Vögel, die sich auf Pflanzenschnörkeln wiegten, reich vergoldetes Schnitzwerk der Art bildete den Fries und teilte, in zwölf breiten Stämmen zum Sockel herabsteigend, die Wandfläche des Saales in zwölf Hauptfelder. Die Felder waren mit weiß-grundierter Malerleinwand überzogen, und diesen weißen Grund mußte Friedrich Bergmann durch blaue Linien in wohl anderthalb-tausend kleine Gevierte abteilen, in welche er sodann ebenso viele kleine Bildchen als leicht umrissene Skizzen gleichfalls mit blauen Farben malte, wobei Landschaftliches wechselte mit Tierstücken, Stilleben, kleinen Architektur- und Genrebildchen, Karikaturen, Charakterköpfen, Masken und Arabesken.

Was nur in seinen alten Skizzenbüchern zu finden war, das stö-berte Bergmann auf, um es hier noch einmal blau zu färben und die schreckliche Zahl der eintausendfünfhundert Bildchen voll zu brin-gen. So waren ihm denn auch die drei Gesichter des Hundeadam, die er eben erst abgerissen, ein gefundenes Essen, das er sofort an den Wänden des chinesischen Saales wieder aufzutischen begann.

Allein auch ein so bescheidenes Werk vollführte er nicht ohne die liebevolle Hingabe des Künstlers an sein Gebilde, und bald saß er ganz versunken in das wunderliche Rätselspiel dieser kühn wie im großen tragischen Stil und doch auch wieder so koboldartig gestal-teten Züge vor der Leinwand.

Da griff dem in sein Werk Versunkenen plötzlich eine Hand von hinten her nach den drei Blättern mit der Bleistiftskizze.

Unmutig fuhr Bergmann auf, aber erschrocken fuhr er alsbald wieder zurück, und seine trotzige Stellung wandelte sich in eine ehrfurchtsvoll gebeugte: der Fürst stand vor ihm.

In der That, das war die Erscheinung eines Mannes, vor dem sich auch Männer beugen konnten! Eine mächtige athletische Gestalt, stand der Fürst da, fest und ruhig, recht als ein Herrscher, die Züge des großen, gleichmäßig gebauten Kopfes streng und hart, doch auch nicht ohne Milde, nicht ohne den Ton einer gewissen kräftigen Sinnlichkeit. Selbst die zu den breiten Schultern niederwallende Lockenperücke, welche eine unbedeutendere Gestalt gedrückt ha-ben würde, erhöhte die Gravität des Ausdruckes bei diesem Jupi-terkopf im Rokokostil.

Etwas zurückgelehnt, gestützt auf den wuchtigen Rohrstock mit dem dicken goldenen Knopfe, betrachtete Carolus Augustus lange und schweigend die drei Köpfe. Endlich fuhr er auf, wie aus einem Traum.

»Wer hat die Köpfe gezeichnet?«

»Ich selber, hochfürstliche Gnaden!«

»Was? Er selber? Wohl! Aber ich meine, von welchem Meister hat Er sie kopiert?«

»Es sind Originalstudien.«

Der Fürst maß den Künstler mit strengem Blick. »Bursche, täusche Er mich nicht! So skizzierte Leonardo und Michelangelo und nicht Er!«

»Dennoch muß ich Euer hochfürstlichen Gnaden zu widersprechen wagen: erst vor wenigen Stunden entwarf ich diese Köpfe. Der Beweis des Originals liegt in den Physiognomien selbst. Adam Happeler, Euer hochfürstlichen Gnaden Oberhundejunge, saß mir zum Modell, und Durchlaucht werden die Züge des Hundeadam in den Zeichnungen gewiß nicht ganz verkennen.«

Der Fürst musterte aufs neue schweigend die Köpfe.

»Und solche Gesichter kann der Hundejunge zum Modell schneiden! Morbleu! das nenne ich Virtuosität! Ich habe schon so etwas davon gehört. Einen Hofnarren, der uns durch seine komischen Fratzen ergötzt, besitze ich bereits. Den Adam sollten wir als tragischen Hofnarren anstellen. Die tragische und die komische Maske leibhaftig nebeneinander, das wäre etwas für meine Frau. Der Kerl kann ja ganze Trauerspiele in seinem Gesichte schneiden!«

»Ich glaube nicht, gnädigster Fürst,« entgegnete Bergmann schon etwas kühner, »daß er sie auf Befehl und gleichsam von Amts wegen schneiden könnte. Er hat mir die Gesichter auch nicht mit Absicht zum Modell vorgeschnitten. Er erzählte mir so mancherlei, was er erlebt, und da spiegelten sich die Affekte, welche ihn bewegt, und die seltsamen Gedanken, womit er das Geschehene in Ursache und Folge sich entziffert, im reichen Wechsel so getreu in seinen Zügen, daß ich's nicht lassen konnte, von diesen Zügen mir zu rauben, was eben der Augenblick festhalten ließ.«

»Ei, das müssen ja wunderliche Schicksale sein, Tragödien eines Hundejungen! Und Gedanken hat also der Kerl auch. Laß Er mich's hören, was Ihm der Hundejunge erzählt hat. Die Erlebnisse meiner Leute muß ich kennen und ihre Gedanken gleichfalls.«

Bergmann zauderte. Aber der Mann in ihm erhob sich, und er stellte sich aufrecht vor den Herrn. »Ich bin in Ungnaden bei Euer Durchlaucht, dennoch aber getröste ich mich, mein gnädigster Fürst werde mich's nicht entgelten lassen, wenn ich auf seinen Befehl auch nach strenger Wahrheit berichte, was mir zu berichten befohlen ward.« Und nach diesem Vorwort begann der Maler schlicht, doch freilich in geziemenderer Fassung, als es Adam gethan, die Geschichte des armen Teufels zu erzählen.

Gespannt lauschte der Fürst, häufig lächelnd, manchmal auch die Stirn runzelnd. Die drei Köpfe hielt er in der Hand, zumeist den Blick darauf geheftet, und zwischen die Erzählung warf er, die Köpfe kommentierend, gelegentliche Worte ein.

»Ah! Also da sehen wir den Kerl auf dem ersten Blatt, halb in weichem Schmerz, halb in trotzigem Unmut! – ein ehrliches Gesicht, das aber noch zum Galgengesicht werden kann! – wie er die Augenbrauen zusammenzieht – der Spitzbube! Aber nur fortgefahren! Ich nehm's nicht übel. Zeichne Er mein Konterfei nur auch so impertinent getreu, wie Er das des Adam gezeichnet hat. Er scheint mir bei meinem Gesicht den Bleistift etwas leichter zu führen. Also! fortgefahren!

– »Hm! Nun kommt das zweite Blatt. Eine lustige Fratze. Also leichtsinnig ist der Kerl geworden durch die Wohlthaten der Eudoxia! Das Gesindel ist wirklich noch zu schlecht für die Menschlichkeit – man muß es erst erziehen dafür! – mit Ruten und Skorpionen nämlich! – Aber Humor hat der Galgenstrick! – Schau ihm nur einmal einer in die Augen hinein; – ich kann ihm doch nicht ganz böse werden!

»Nun stehen wir beim letzten und eigentlich tragischen Blatt. Ist das ein Gemisch des Ausdruckes in dieser Koboldslarve! Ein Gauner ist er, ein Mensch ohne Vernunft, ohne Religion, ohne Lebensklugheit, das beweist mir diese Zeichnung. Aber nicht doch! Sehe ich sie von neuem an, dann schaut mir auch wieder ein ganz neues Gesicht entgegen. Der Mann ergrimmt ja nur über die Schmach, die man ihm und seinen Kindern anthut, er ahmt ja nur nach, was feinere Leute auch thun! Der Bursche hat Mutterwitz! – Soll mich der

Koch und der Kellermeister allein bestehlen? Warum denn nicht auch der Hundejunge? Sollen die Prinzen und Kavaliere allein Komödie spielen? Warum denn nicht auch die Troßbuben? Was der Adam da von den Springbrunnen und Baracken gesagt hat, hört Er's, Bergmann, ist eine Impertinenz. Prügel hat der Taugenichts dafür verdient, und die Frechheit ist ihm auch aus diesem Bild ganz deutlich auf Nase und Stirn gezeichnet. Also ›einheizen‹ möchte mir der Hundeadam, so hat er gesagt, nicht wahr? ›Einheizen und Licht anzünden!‹ Ich soll den Hundejungen wohl gar zu meinem Minister machen! Wahrhaftig, alle Bande der Zucht und Ordnung lockern sich an diesem Hofe! Alle Bande der Zucht und Ordnung! – hat Er's gehört, Bergmann? Das gilt Ihm auch! Die Schloßordnung gehört auch zur Ordnung. Kein Wunder, daß solches Gesindel sich vermißt, uns einheizen zu wollen und Licht anzuzünden, wenn Leute wie Er am hellen Tage vor unseren Augen im Schloßhof zum Fenster einsteigen.«

Der Fürst ging eine Weile mit großen Schritten im Saale auf und ab. Dann sprach er zum Maler: »Die Köpfe des Adam, die Er da an die Wand zu malen begonnen, kratzt Er wieder weg; in meinem Festsaale will ich die Fratzen nicht sehen. Aber die Skizzen kaufe ich Ihm ab, einen Louisdor zahle ich Ihm für jedes Blatt; ich will die Blätter in meine Mappe legen, zu meinen seltenen Handzeichnungen, hört Er' s, Bergmann! zu den Handzeichnungen großer Meister!«

Der Fürst schritt von dannen.

Friedrich Bergmann warf den Pinsel weg; er konnte heute nicht mehr malen. Im wirbelnden Widerkampf der Gedanken maß er noch lange den Saal, dröhnenden Schrittes auf und nieder gehend.

Aber nicht er allein hatte solche Unruhe aus dem merkwürdigen Gespräche mitgenommen. Der Fürst befand sich in gleicher Lage. Er zog sich in die Einsamkeit seines Kabinetts zurück, – nicht in jenes niedliche, reizende Kabinett, worin er mit der Fürstin frühmorgens das »Departement des Innersten« abzumachen pflog, sondern in das einfache, schmucklose Kabinett, in welchem er dem ernsten, männlichen Werk des Regiments obzuliegen gewohnt war. Nur zwei charakteristische Dinge waren an den nüchternen Wänden dieses Zimmers zu erschauen. Ueber dem Schreibtische des Fürsten befand sich am Getäfel der Wand ein bescheidenes Schnitzwerk, das Emblem des Fürsten darstellend, umkränzt von dem damals üblichen Arabesken und Schnörkelzierat. Es war dieses Emblem aber eine Fackel, und durch die Schnörkel lief ein Spruchband, worin das erläuternde Motto eingegraben war: »*Aliis inserviendo consumor*«, zu deutsch: »*Anderen dienend verzehre ich mich.*«

Dem Schreibtisch gegenüber befand sich der Kamin und über diesem erhob sich das andere Wahrzeichen des Zimmers. Es war ein großes, in die Wand eingelassenes Familienbild, unstreitig einen der Vorfahren des Fürsten darstellend in ganzer Figur, einen Mann aus dem sechzehnten Jahrhundert, eine heldenhafte, ritterliche Gestalt, halb im Harnisch, die Hand aufs Schwert gestützt, den Kopf entblößt. Mächtig wölbte sich die Stirn, nur wenig weiße Haare noch deckten den Scheitel, ein voller schneeweißer Bart floß in zwei breiten Strömen auf den Brustharnisch herunter. Wunderbar anzuschauen aber waren die Augen dieses heldenhaften Greises. Sie sendeten einen so glühenden, durchdringenden, lebensvollen Blick unter den buschigen weißen Brauen hervor, daß es fast unheimlich war, dem alten Ritter lange Aug' in Auge zu sehen. Das Beiwerk des Bildes war mit der harten, ungefügigen Technik der alten deutschen Meister gemalt, aber beim Kopf dachte man nicht mehr an die Malerei, er lebte, er sprach zu uns, und zwar in mahnender, unheimlich ernster Rede, als ob die alte Zeit den Wechsel der Jahrhunderte überdauert habe, und vor uns träte leibhaftig, längst begraben und dennoch lebend, eine andere Zunge redend, anders denkend, anders fühlend wie wir und dennoch teilend mit uns das Ewige, gemeinsam Menschliche.

Der Fürst sah in seiner inneren Unruhe bald das Emblem mit dem Motto, bald das alte Bild nachdenklich an. Endlich sprang er auf, pflanzte sich, die beiden Hände auf den vorgestellten Stock gestützt, dem Bilde gegenüber und sprach: »Was würdest du wohl sagen, alter Herr, wenn du jetzt mitten hereinträtest in unser Treiben? Dreinschlagen würdest du – aber nein! – Was soll da Dreinschlagen helfen? Dreinschlagen gegen wen? Nein, umdrehen würdest du dich auf dem Absatz, mit Verachtung uns allen den Rücken kehren und stracks wieder heimziehen in deine Gruft, wo es dir wohnlicher dünken würde als unter diesem Geschlecht. Ja, schaue mich nur recht zornig an! Ziehe nur die Brauen recht drohend nieder! Du magst ein Recht haben zu deinem Zorn, aber wir haben auch ein Recht, zu sein, wie wir sind! Ei, wir müssen eben doch andere Leute sein, als Ihr es waret! Wir können nicht mehr in den alten Nestern wohnen, worinnen Ihr haustet, das ganze Jahr auf der Jagd liegen, in der Fehde! Fürsten müssen Pracht zeigen. Pracht kündet Macht! Ihr durftet noch zerstören; wir müssen aufbauen. Aliis inserviendo consumor! Das soll doch wohl heißen: Anderen *leuchtend* – nicht aber andere verbrennend – verzehre ich mich. Ich will meinem Hofprediger befehlen, daß er am nächsten Sonntag predige über den Text: ›Obrigkeiten sollen leuchtende, nicht brennende und fressende Lichter sein.‹ Aliis inserviendo consumor! – er mag sich einen Bibelvers zu dem Motto suchen. Und du sollst kommen und die Predigt mit anhören, alter drohender Stubengenosse! – Aufbauen! – Ja! – Aber das war einmal ein impertinentes Wort, was der Hundeadam vom Aufbauen gesprochen hat, von wegen der Baracken und Springbrunnen. Jetzt drohst du, alter Geselle, schon wieder und nickst. Hältst du's auch mit des Hundejungen Weisheit? – Es wird mir unheimlich, das Bild so stet anzuschauen! – War mir's doch auch schon, da mir der Maler vorhin die Historien erzählte, einen Augenblick, als sei ich der König David und er sei der Prophet Nathan, der da spricht vom reichen Mann, welcher das Schäflein des armen Mannes nimmt zu seinem Gelage – –! Aber wer soll der arme Mann sein? Die Leute, die in den Baracken wohnen, die das Trinkwasser draußen am Felsenquell holen? Und ich soll der reiche Mann sein? Da sprach Nathan zum Könige: ›Du bist der Mann!‹ – Ja; so heißt es in der Schrift.«

Der Fürst hielt den Blick vom Bilde abgewandt.

Aber bald schaute er wieder auf und lächelte dem greisen Rittersmann zu. »Wir sind immer gute Kameraden gewesen, Alter, wir wollen's auch fürder bleiben. Schon als kleiner Knabe verkehrte ich gerne mit dir, fürchtete mich bald vor deinem Blick, bald sah ich dir stolz ins Auge. Dein Gesicht ist mir wie das eines lebenden Freundes geworden. Oft wachtest du über mir. Oft, wenn ich in schweigender Mitternacht hier einsam bei heißer Arbeit saß, schaute ich zu dir auf und holte mir frischen Mut aus deinen ehernen, weisheitsvollen Zügen. Mein treuester Hausfreund bist du, mein ältester Jugendfreund. Und doch weiß ich nicht, was diese Stirne für Gedanken barg, was für ein Herz geschlagen unter diesem Harnisch, welche Freuden, welche Leiden einst die Seele bewegt, die so stolz aus diesen Augen blitzt! Ich weiß nicht einmal, wie du geheißen, wer du eigentlich warst! – Wie? Bist du nicht einer meiner Vorfahren? Aber welcher? Das weiß ich nicht. Niemand weiß es mehr. Ein alter Kavalier, der in den Chroniken und Stammbäumen wühlte und in meinen jungen Jahren gestorben ist, soll es noch gewußt haben; mit ihm ist die Kunde begraben worden.«

Niemals war es dem Fürsten bis dahin in den Sinn gekommen, daß es doch schmachvoll gewesen, jede Familienüberlieferung von diesem merkwürdigen Bilde untergehen zu lassen. Denn was kümmerten sich die Höfe jener Zeit um die finstere Vergangenheit? Sie lebten um so lustiger in der sonnigen Gegenwart. Jetzt fiel ihm jener Gedanke zum erstenmal heiß in die Seele. Und es war ihm, als müsse sich rächen die Verachtung der Vergangenheit an dem gegenwärtigen Geschlecht durch schwere Stürme der Zukunft. Und wenn er dann gedachte an sein Regiment und seinen Hof, an die Prachtbauten, die Hofkomödien und Hoffeste, dann war es ihm, als könne auch er die philosophische Zwiesprach des Malers mit dem Hundejungen auf sich beziehen und der Moral von der Unschuld in der Schuld eine Deutung geben auf alles Fürstenregiment seiner Zeitgenossen.

In diesen Gedanken ward er durch die Meldung gestört, daß der junge Franz Lämml, des Hofkapellmeisters Sohn, auf hochfürstlichen Befehl erschienen sei und im Vorzimmer warte.

Der Fürst fuhr wie aus einem Traume. Peinliche, fast beschämende Erinnerungen knüpften sich ihm an diese Meldung. Pyramus und Thisbe! Richtig, über Pyramus und Thisbe hatte er Rücksprache nehmen wollen mit dem jungen Poeten und Sänger. Er hatte ja seiner Gemahlin versprochen, mitzuspielen in der neuen Oper. Eben wollte er sich's angesichts des alten namenlosen Ritters zuschwören, ein neues Leben zu beginnen im Regiment wie bei Hofe. Da mahnt ihn der fatale Name des Franz Lämml, daß er vorerst noch einen anderen Schwur erfüllen und selber Komödie spielen müsse. Er wollte den Sänger jetzt nicht annehmen. Doch nein! Er soll kommen. Denn es wäre doch nur Furcht des Fürsten vor sich selbst gewesen, vor seinem Selbst von heute morgen, mit dem jungen Mann zugleich die böse Mahnung zurückzuweisen.

Lange dauerte die Unterredung mit Franz Lämml. Sie mußte seltsame Uebergänge und zugleich seltsame Enthüllungen mit sich gebracht haben, denn als der Sänger wieder entlassen wurde, war der Fürst in ganz veränderter Stimmung. Er war fast lustig geworden. »Da heißt es wohl, anderen dienend verzehre ich mich!« sprach er zu sich selber. »Jeder, der da kommt, begehrt einen Dienst von mir. Ich will mit diesem aalglatten jungen Menschen über Pyramus und Thisbe sprechen; er aber wendet und dreht sich, bis er mir zuletzt statt der Exposition der Oper die Exposition einer Liebeskomödie gegeben hat, die er selber mit der schönen Cornelia spielt. Da sind nun alle Knoten geschlungen, hinlänglich verwickelt, nur die Lösung fehlt noch. Sie soll heute abend erfolgen. Aber wer dazu helfen muß, das soll – der Fürst selber sein! Im Namen aller Liebesheiligen und Liebesgötter beschwört mich der Bursche darum. Ist unser Hof denn ganz zu einem Minnehof geworden? Wie der alte Graubart über dem Kamin so finster dreinblickt! Aber diesmal noch vergib, alter Freund! Diesmal noch muß ich Komödie spielen – zum ersten und letztenmal! Aber Pyramus und Thisbe? – –«

Wie eine Eingebung schien plötzlich ein Gedanke den Fürsten zu durchzucken. Er spinnt ihn aus; er sinnt und sinnt; ein Plan scheint ihm aufzugehen; Ja, jetzt hat er ihn fest gepackt, klar zurecht gelegt; er reibt sich vergnüglich die Hände und lacht laut auf. Dann spricht er gegen den eisbärtigen Ritter gewandt: »Alles spielt Komödie an diesem Hofe, und jeder begehrt, daß ich mitspiele. Ja, mancher meint wohl gar, er könne Komödie mit *mir* spielen; ich aber will ihnen zeigen, daß der Fürst allerdings Komödie spielen kann, daß *er* es dann aber ist, der nicht euer aller Komödiant wird, sondern der euch alle gebraucht, daß ihr seine Komödianten seid. Eudoxia glaubt die Fäden in der Hand zu haben, der Kapellmeister glaubt, sein Sohn glaubt, daß *sie* wiederum die Drähte ihres Puppenspieles dirigierten, der Italiener glaubt dasselbe von sich; ihr alle aber sollt euch betrogen haben: der eigentliche Meister des Theaters bin *ich*, alle Drähte laufen in meiner Hand zusammen, und wer zuletzt lacht und das letzte Wort hat, das ist der Fürst! Nur zwei Leute von diesem Hofe haben, wie mir deucht, keine Komödie mit mir spielen wollen: der Hundejunge und der Maler. Aber dann will ich wenigstens Komödie mit ihnen spielen: sie müssen auch noch untergebracht werden im Ensemble von Pyramus und Thisbe. Alter Ritter und Freund, Wächter des Kamins, du sollst heute abend mit mir zufrieden sein!«

Der Fürst klingelte. »Man entbiete sogleich den Maler Friedrich Bergmann zu mir!«

Der Gerufene erschien nach kurzer Frist.

Es lag aber das Kabinett des Fürsten zu ebener Erde, und die geöffneten Fenster gingen auf den Schloßgarten, wo eben Fürstin Eudoxia mit ihrer Oberhofmeisterin lustwandelte.

Da sprach der Fürst zu dem eintretenden Maler recht laut, daß es die Damen draußen hören mußten: »Wir machen eine neue Oper, Bergmann, Pyramus und Thisbe, und ich selber will in dem Stück mit spielen. Da muß ich nun mit Ihm eine umständliche Beratung pflegen über das Kostüm,« – und er wiederholte mit erhobener Stimme, gegen den Garten gewendet: »*über das Kostüm*, Bergmann, denn das versteht ihr Maler doch wohl am besten.«

Sechstes Kapitel.

Der Tag, welcher für unsere kleine Welt im Schlosse ein so bewegter gewesen, war draußen in der Natur im tiefsten Frieden auf und nieder gegangen. In ruhiger Pracht hatte die Sonne sich verglüht über den abendfeuchten, wiesenduftigen Thalgründen, und an dem Nachthimmel, der so klar und unergründlich tief sich ausgoß wie die regungslose Fläche des stillsten Gebirgssees, kam der volle Mond aufgezogen in ruhender Majestät, und um ihn versammelte sich, zahlreicher und immer zahlreicher, sein lichtfunkelnder Hofstaat von großen und kleinen Sternen. Tiefes Schweigen lag über dem Schloßgarten. Die dichtverwachsenen Gebüsche und Baumgruppen ruhten in dunklen Massen neben den vom blauen Mondlicht traumhaft übergossenen offenen Blumenbeeten und Rasenplätzen; nur die Springbrunnen flüsterten sich von fernher leise Worte zu, und manchmal erklang ein heller Vogelschlag darein.

Der Orangerieflügel des Schlosses war erleuchtet; er lief in einen gegen den Garten geöffneten Saal aus. Vor den Pforten des Saales befand sich ein Altan, von welchem man auf den zwölf breiten Stufen einer prächtigen Marmortreppe zu den Blumenbeeten heruntersteig. Die Seiten der Treppen aber waren geschmückt mit den schönsten kugelrunden Orangebäumen und auf dem Altan selbst standen seltene ausländische Sträuche, Bäumchen und Blumenstöcke zu einer Laube aufgebaut, die den hohen Herrschaften heute abend beim Anhören der Serenade als Loge dienen sollte.

Jetzt erscheinen einzelne Fackeln auf dem freien Platze vor dem Altan; ihre Zahl mehrt sich; wohl zwanzig Fackelträger stellen sich im Halbkreise auf. Gleich Opferflammen in einem heiligen Haine wallt die rote, ruhelose Glut der Fackeln, lange, magisch beleuchtete Rauchsäulen nach sich ziehend, hinan zu dem dunklen Himmel mit dem ewig gleichen, ewig klaren blitzenden Demantschein seiner Sterne, und die umstehenden Gebüsche und Bäume stechen im Wiederglanz der roten Lohe gar grell hervor aus der pechschwarzen Finsternis, die nun dreifach dunkler den Hintergrund deckt. – Musikanten stellen sich auf neben den Fackelträgern. Dann erscheint eine Tänzerbande, die Paare als Mohren verkleidet. Sie reihen sich, zum Tanze gerecht, vor den Fackeln in malerische Gruppen. Alles harrt, verhaltenen Atems, des Erscheinens der Herrschaften auf dem Altan.

Lichter bewegen sich längs der großen Rundbogenfenster des Saalbaues. Das kündet die Erwarteten. Mit kleinem, aber glänzendem Gefolge tritt die reizende Fürstin an der Hand des in der natürlichen Gravität angeborener Herrscherwürde einherschreitenden Gemahles aus den weiten Flügelthüren. Da schmettern die Musikanten die jubelnden, doch königlich stolzen Accorde und Rhythmen einer Sarabande; in gemessener Bewegung wogen die Gruppen der Tänzer von den Blumenbeeten vor gegen den Altan und bezeugen dem fürstlichen Paare ihre Huldigung; dann aber gehen die Fanfaren der Sarabande in den wilden Jubel eines Mohrentanzes über und in phantastisch bunten Tanzfiguren schweben nun die Paare der schwarzen Masken bald im Hintergrunde zerstreut zwischen den Blumenbeeten auf und nieder, bald einigen sie sich wieder vor den Stufen des Altans.

Ein blendender Lichtglanz hatte sich beim Eintritt der Herrschaften über den Altan ergossen und in der ruhigen, sonnigen Helle zahlloser Wachskerzen, die wiederum gar malerisch gegen den bewegten roten Fackelschein im Garten abstach, leuchtete die reichgeschmückte, jugendschöne Erscheinung der Fürstin, umringt von den bescheideneren Schönheiten ihres Gefolges, in der That wie die Feenkönigin eines Zaubermärchens. Die Gestalt des Fürsten dagegen war ganz umhüllt von einem weitfaltigen weißen spanischen Reitermantel, den er gegen Gebrauch und Etikette im Momente des Hervortretens zurückzuwerfen vergessen hatte, was ein unmerkliches Geflüster bei den Hofleuten erregte. Denn im Glanze des purpurnen Sammetrockes mit Band und Stern hätte der Fürst nach zurückgeschlagenem Mantel in demselben Momente dastehen müssen, wo Lichtschimmer, Trompeten- und Paukenklang und das Anwogen der Tänzerschar zumal das prächtige Schauspiel eröffneten.

Nur wenige Worte wechselte der Fürst lächelnd mit Eudoxia, als er sie zu ihrem goldenen Sessel führte. Die stolze Heiterkeit fröhlichen Genießens, gepaart mit dem Bewußtsein, daß all diese Zauberei vor allen ihr selber in Huldigung zu Füßen gelegt sei, strahlte auf ihrem Antlitz. Auch des Fürsten Züge wurden heiter, wie im Wiederschein der Heiterkeit der Gattin. Kaum jedoch hatte der Tanz begonnen, so entfernte sich der Fürst mit leichter Entschuldigung und Verbeugung von Eudoxias Seite und zog sich in die äußerste halb dämmerige Ecke des Altans zurück, wo im Schatten der Orangenbäume ein zweiter Sessel für ihn bereit stand. Als eigentlicher Festordner und Regisseur des Schauspiels hatte er für heute diesen Platz sich vorbehalten, den geeignetsten, um unbemerkt zu beobachten. Und in der That musterte er von da die Scene mit so durchdringend aufmerksamem Blick, als gälte es die Dispositionen eines Feindes bei Entwickelung einer entscheidenden Schlacht mit dem Auge des Feldherrn wahrzunehmen.

Der Tanz war zu Ende; die Mohren verschwanden in den Gebüschen; die Musik verstummte.

Da trat der Hofmarschall vor und verkündete dem fürstlichen Zirkel auf dem Altan, es werde nun ein ritterliches Turnier beginnen, aber nicht ein Kampf mit Schwert oder Lanze, sondern ein Sängerkampf. Anton Howora aus Böhmen, des Meisters Dal Segno Schüler, und Franz Lämml, der Schüler seines Vaters, des Meisters Ignaz Lämml, seien die Kämpfenden; der Preis des Siegers das allerhöchste Lob aus dem Munde seiner allergnädigsten Herrin, der durchlauchtigsten Fürstin Eudoxia, und zugleich die erledigte Hofsängerstelle. Die beiden Lehrer sollten nach vollführtem Wettgesang zuerst ihr Urteil abgeben, also, daß Meister Dal Segno den Schüler des Meisters Lämml und Meister Lämml den Schüler des Meisters Dal Segno richte. Dann werden Ihro hochfürstlichen Gnaden, wie es der Königin des Turniers gebühre, das Urteil sprechen und allerhöchst selbst den Preis zuerkennen.

Nach Beendigung dieser Rede bemerkten die Hofleute, daß der Fürst, endlich wohl seines Versehens sich erinnernd, den Mantel abgelegt hatte. Ruhig beobachtend wie bisher saß er da im dämmerigen Schatten der Orangenbäume, aber den weißen Mantel hatte er zurückgeworfen auf die Lehne des Sessels, und auf dem purpurnen Festgewande glitzerten jetzt die Brillanten des großen Ordenssternes aus dem Halbdunkel hervor.

Während die Musikanten sich zum Abzug rüsteten, brachte eine von den Mohrenmasken, die ihr Kostüm wieder mit einem großen grauen Mantel bedeckt hatte, dagegen durch die schwarze Larve noch ebensowohl nach ihrem Zeichen kenntlich als nach ihrer Person unkenntlich war, bald hier, bald dort Bewegung unter den Leuten im Garten hervor. Schon vor dem Erscheinen der Herrschaften war dieser vermummte Tänzer unter der Dienerschaft auf und nieder spaziert, schier jeden, der ihm in den Weg trat, mit Fragen und spitzigen Glossen aufs Eis führend, so daß alle übereinkamen, es müsse, auch nach Gang und Manieren zu urteilen, der Hofnarr des Fürsten sein, der sich unter dieser bequemen Larve irgend ein Schelmenstück ausgesonnen; denn beim Tanze hatte man die ziemlich auffallende Gestalt nicht gesehen; er war also kein echter Mohrentänzer.

Da seht! Eben bindet der Vermummte mit einem der Fackelträger an. »Ei, mein lieber Adam, auch du hier! Wie bist du denn so rasch aus dem Prison gekommen?«

»Durch des Fürsten besondere Gnade!« erwiderte stolz der Hundejunge, bolzenstrack stehen bleibend wie ein Grenadier und soldatisch die Fackel präsentierend.

»Hm! Der Fürst ist doch ein guter Mann, Adam!«

»Jawohl, Narr! Gott segne ihn. Ein guter Mann – freilich – aber auch der gutartigste Hund hat wenigstens vier Wolfszähne.«

»So hüte dich vor den Wolfszähnen, Adam! Doch jetzt hast du im Prison ja selber geschmeckt, wie das Wasser und Brot bekommt, welches du deinen Hunden statt Rindfleisch und Bouillon gespendet!«

»Hundebrot schmeckt immer noch besser als das Zuckerbrot, womit man einen Narren füttert!« sprach Adam trotzig und wollte die Maske mit seiner Fackel verscheuchen, aber schon war sie fortgehuscht.

Die beiden Maestri näherten sich dem Kampfplatz von verschiedenen Seiten, jeder von seinem Schüler begleitet. Allein wie im natürlichen Instinkt der Feindschaft blieben beide in den entgegengesetzten Ecken möglichst fern voneinander stehen. Von Zeit zu Zeit nur maß mit verstohlenem, durchbohrendem Blick der Gegner den Gegner.

Der kleine Italiener richtete sich auf den Zehen empor, um den Nebenbuhler seines Schülers zu erschauen. »Bah!« flüsterte er dann verächtlich zu dem neben ihm stehenden Franz Lämml, »eine miserable Gestalt ist dieser Sohn des Kapellmeisters, ein schmächtiger Junge! Der will Heldensänger sein? Schau das Püppchen da drüben! Das will einen Cyrus, einen Achill, einen Orest in unserer Oper darstellen!« Mit Stolz maß er dagegen den mannhaften Franz, der schier einen Kopf größer war, denn er selber.

In der That, der Sänger, welchen der Kapellmeister als seinen Schüler und angeblichen Sohn mitgebracht, war eine höchst zierliche, niedliche Figur, eher für Pagenrollen als für Helden geschaffen. Unter der Lockenperücke schaute ein allerliebstes feines Gesichtchen hervor, der großschößige Galarock saß fast etwas zu eng um die weiblich breit ausgerundeten Hüften.

Die Maske im grauen Mantel klopfte dem mädchenhaften jungen Burschen auf die Schulter. »Den Achill auf Skyros werdet Ihr trefflich spielen können, schöner Sänger, den jungen Achill, wie er als Mädchen verkleidet am Hofe des Lykomedes erscheint. Jedermann sollte dann schwören, Ihr seiet wirklich ein Mädchen. Aber für einen ausgewachsenen Achilles wäret Ihr doch etwas zu klein, meint Maestro Dal Segno.«

»Lästiger Narr! Hinweg mit dir!« rief zürnend und tief errötend der Angeredete. »Du bist Narr und Spion zugleich. Schon den ganzen Abend verfolgst du mich, und spottend willst du mich ausforschen. Hinweg!«

»Da bringt Ihr uns einen schönen Soprano zur Rolle der Thisbe, Herr Hofkapellmeister,« sprach nun die Maske zu dem Alten. »Den Pyramus müssen wir wohl dort drüben im feindlichen Lager suchen?«

»Narr, schweige mir von Pyramus und Thisbe. Unverdaulichkeit am Mittag und Schlaflosigkeit um Mitternacht weckt mir dieser Name. Ein Narr kann mehr fragen, als hundert gescheite Leute zu beantworten vermögen, und eine – – gescheite Frau, die Fürstin Eidechse kann mehr Aufgaben stellen –«

»Als hundert alte Narren wie du zu lösen im stande sind,« vollendete die Maske. »Da möget Ihr wohl recht haben, Freund Kapellmeister.« Und die Maske verschwand im Gedränge der Musikanten und Diener.

Auf einen Wink des Fürsten zogen jetzt die Fackelträger ab. Tiefes Dunkel deckte den Kampfplatz. Denn wie der Gesang der Nachtigall am ergreifendsten in des Menschen Seele hineinklingt, wenn aus dem verschwiegenen Dunkel der einzige Lichtstrahl ihres Tones in ruhiger Klarheit unserem inneren Gesicht leuchtet, so sollte auch Scarlattis Doppelgebet an die »hellglänzenden Sterne der Liebe« aus dem Helldunkel des mondbeschienenen Gartens zu dem Ohr der Fürstin emporsteigen, eine echte, in süße Träumerei einwiegende Serenade nach dem die Sinne erweckenden Lichtzauber, der den Mohrentanz mit seiner grellen Musik umflossen hatte.

Die beiden Sänger allein traten in den Vordergrund, nur ein klein wenig von dem Wiederschein der Wachskerzen des Altans beleuchtet. Franz begleitete mit der Laute. Zu beiden Seiten am Saume der nächsten Gebüsche standen die Meister, immer in möglichst großer Entfernung voneinander. Der ganze übrige Schwarm der Diener und Musiker war verschwunden.

Es ward stille, daß man atmen hörte. Der Fürst winkte. Der Gesang begann. Beide Stimmen trugen zuerst nacheinander die süße schlichte Weise des Themas vor, dem Texte nach ein Liebeshymnus, der aber zugleich zum Gebet zweier Liebenden wird, die sich dem Schutze des himmlischen Schicksalsgestirnes ihrer Liebe empfehlen. Der einfache Grundgesang erweiterte sich aber alsdann zu einem kunstreichen Spiel nachahmender Tonformen: eine Stimme drängt die andere, überholt sie, nimmt ihr jedes einzelne Wort der Melodie vom Munde weg, die Harmonien steigern sich, der Rhythmus hebt sich mächtiger, und die zwei Sänger singen in die Wette mit Tönen, die immer tiefer und tiefer aus dem Herzen herauszuquellen scheinen, die breiten Ströme des Gesanges brechen hervor in einer Fülle, als müßten sie den Sängern die Brust zersprengen, und die Hörer selbst packt es, als ob es auch ihnen die Brust zersprengen wolle, so rätselhaft gewaltig zittert ihnen jede Bebung des begeisterungsvollen Gesanges in allen Nerven wieder.

Als der Gesang verstummt, folgt zuerst die lautlose Stille des tiefsten empfundenen Beifalles. Jedem klingt noch in innerster Seele die Weise nach:

»Blickt gnädig, hellglänzende Sterne der Liebe!«

Endlich brach die Fürstin das Schweigen, ihren Damen zuflüsternd, sie hätte nie geahnt, daß ein anderes Sängerpaar, denn zwei wirklich Liebende, mit so erschütternder Wahrheit der Empfindung von der Liebe singen könnten.

Mit ehrfurchtsvoller Verbeugung treten die Sänger ab, und der Hofmarschall ruft die beiden Meister vor, auf daß sie ihren Spruch fällten.

Der Hofkapellmeister geht im Range voran; er erhält zuerst das Wort. Lächelnd beginnt er und zwar in so seltsamem Ton, mit einem so selbstbewußten schlauen Schmunzeln, daß die Fürstin in Parenthese gegen die Oberhofmeisterin bemerkt, so schneidermäßig verzwickt wie heute habe sie den Kapellmeister noch niemals gesehen. Er spendet dem Anton Howora (doch betont er diesen Namen jedesmal ganz absonderlich und begleitet ihn mit einer Grimasse des Lächelns), dem Anton Howora das höchste Lob, rühmte das Metall seiner Stimme, die Trefflichkeit der Schule, die Wärme und Wahrheit des Vortrags. Der ganze Hof bewundert die edle Unparteilichkeit des Kapellmeisters, und selbst die Fürstin verzeiht ihm darob wieder sein schneiderhaftes Schmunzeln.

In stolzer Genugthuung hört Dal Segno dieses Urteil. Die Mohrenmaske im grauen Mantel aber hatte sich an ihn herangeschlichen und flüsterte ihm zu: »Nun, Meister, Euer Gegner macht es wie ein edelmütiger Duellant, der den ersten Schuß hat und sein Pistol in die Luft abschießt. Da werdet Ihr wahrhaftig doch auch nicht nach des Feindes Brust zielen wollen?«

Dal Segno erwiderte: »Hier zu meiner Rechten steht ein Narr und zur Linken da drüben steht auch ein Narr, ich aber will als gescheiter Mann in der Mitte stehen und nach meinem Künstlergewissen sagen, was ich denke!«

Sprach's und trat mit stolzem Schritte vor gegen den Altan und fällte seinen Spruch folgendergestalt: des Kapellmeisters Sohn habe zwar mit guter Stimme und sonderlich beweglichem Ausdruck gesungen, dagegen fehle es noch gar sehr an einer guten Schule; statt ihrer zeige sich lauter Dilettantenfertigkeit, die der ersten Grundlage wahrhaft meistermäßigen Unterrichts ermangele. Die

Vorzüge des jungen Sängers seien also glückliche Naturgaben; seine Schwächen dagegen lediglich eingeimpft und gehegt durch die höchst verkehrte deutsche Gesangschule.

Alle Blicke wandten sich auf den Hofkapellmeister. Allein er schien gar nicht so arg erzürnt über das Urteil des Gegners, denn er lächelte nur noch weit schlauer als vorher. Doch als der Italiener seinen Trumpf gegen die deutsche Gesangschule ausspielte, konnte Ignaz Lämml nicht länger an sich halten. Laut lachend rief er dem Maestro Dal Segno entgegen. »Mein Sohn, Herr Kollega! – das heißt – ja mein Sohn, – – der kleine Mann nämlich, der eben hier sang, hat gar keine deutsche Schule, es ist die reinste italienische.«

»Es ist deutsche Schule!« rief der Italiener in wütendem Ernst.

»Italienische Schule!« rief der Deutsche berstend vor Lachen.

»Italienische!« – »Deutsche!« – ging es gleichzeitig herüber und hinüber.

Eben wollte der Hofkapellmeister vortreten, um die Lösung des Rätsels laut zu verkündigen und nun auch seinen Triumph zu genießen; da schob sich eine neue überraschende Gruppe zwischen ihn und die Stufen des Altans.

Hand in Hand trat das Sängerpaar vor und kniete an der Marmortreppe nieder, und die Blicke bittend zur Fürstin hinaufgewandt, wiederholen sie die ergreifendste Stelle des Duetts, wo beide Stimmen nach dem Wechselgesang zur Vereinigung zurückkehren, in den innigsten einschmeichelndsten Harmonien das Thema wieder aufnehmend:

»Blickt gnädig, hellglänzende Sterne der Liebe!«

Aber mit dem angeblichen Sohne des Kapellmeisters war jetzt eine merkwürdige Veränderung vorgegangen: die Perücke war verschwunden, und das lange natürliche Lockenhaar umwallte den schönsten Mädchenkopf, und halb verschämt, halb mit Bangen, aber auch jetzt noch mit einer gewissen Schalkhaftigkeit schaute das reizende Gesicht Cornelias zu der erstaunten Fürstin empor.

Der Kapellmeister konnte sich nicht zurückhalten. In den eben beginnenden Bittgesang der beiden Liebenden sprudelte er die

Worte: »Dort steht der echte Franz Lämml; Howora ist nur eine fabelhafte Person; das Mädchen aber ist Cornelia Dal Segno, angeblich mein Sohn; aber Dal Segno, Kollege! hört Ihr's! es ist doch italienische Schule, Eure eigene echt italienische Schule gewesen, was Ihr eben verdammt habt!«

Man rief den Kapellmeister zur Ruhe. Denn schien schon vorher das Höchste im Vortrag des Duetts geleistet zu sein, so wurde dies alles doch jetzt an Schmelz des Ausdruckes und Innigkeit der Empfindung noch weit übertroffen. Niemals hatte man ein bedrängtes Liebespaar rührender bitten hören. In wahrer Andacht lauschten alle Hörer. Und als die Sänger verstummten, mit flehenden Gebärden der Fürstin zugewandt, und abermals eine feierliche Stille eintrat, da erhob, wie zum guten Zeichen, eine Nachtigall in den nahen Büschen ihre Stimme und sang ihre Liebesklagen in die schweigende Nacht hinein, als wolle auch sie ihr Wort einlegen für die Bittenden an den Stufen des Thrones.

Franz und Cornelia erhoben sich. Hand in Hand gingen sie zu ihren Vätern. Die aber waren auch nicht ruhig geblieben, und so trafen alle viere in der Mitte des Kampfplatzes zusammen.

Da gab es aber eine so wunderlich gekreuzte Unterhaltung, daß keine Feder im stande wäre, den Knäuel der doppelten Zwiesprache zu entwirren und aufzuzeichnen. Die Liebenden baten um Verzeihung, um Versöhnung, um den Segen der Väter. Der Italiener wütete; er wollte seine Tochter gar nicht wieder anerkennen, die ihn also betrogen; er wollte Franz nicht mehr vor Augen sehen, der ihm seine Lehrgeheimnisse abgelockt und dann zum Dank dafür diese Schlinge gelegt. Der Kapellmeister suchte anfänglich das Paar zu schützen vor der Wut des Italieners, aber als er merkte, daß sein Sohn die Tochter seines Todfeindes ernstlich zur Frau begehre, schrie auch er in diese verzweifelte Quartettfuge hinein: niemals werde er sich so überlisten und überpoltern lassen, niemals sein Haus mit dem Hause des falschen Welschen verbinden. Wenn das Ziel aller Listen seines Sohnes hierauf hinausgegangen, dann sage er ihm rund heraus, daß Franz selber der am meisten Betrogene sei.

Alle diese Erörterungen aber fielen im Verlauf weniger Augenblicke, während die Zuschauer auf dem Altan noch ganz in der ersten Ueberraschung über die Kette seltsamer Vorfälle befangen waren.

Schnell entriß sich jetzt Franz dem Redegetümmel der erbitterten Väter und führte Cornelia abermals zurück zu den Stufen der Marmortreppe. Er schaute hinauf zu dem Fürsten, allein dieser winkte ihm aus seinem Halbversteck fast zornig und drohend abwehrend mit der Hand. Er wagte nicht näher zu treten, nun erst aufs tiefste bestürzt. Das Benehmen des Fürsten war gegen die Verabredung. Derselbe hatte ihm heute nachmittag zugesichert, daß er im entscheidenden Moment als der Schützer seiner Liebe erscheinen und alles zur glücklichen Lösung führen werde. Jetzt war der gefährlichste, der letzte Augenblick der Entscheidung gekommen, und der Fürst verharrte unbeweglich, scheinbar allein teilnahmlos, auf seinem Sitze und winkte nur abwehrend, ja zornig drohend, mit der Hand!

Da schien Cornelien der Gedanke zu kommen, daß in dieser höchsten Not eines Mädchens wohl Frauenhilfe allein noch retten könne. Sie zog Franz hinüber gegen den Sitz der Fürstin und flehte dieselbe in einfachen, rührenden Worten um Schutz und Fürwort für ihre Liebe an.

Ein solches Auftreten der Sängerin war gegen alle Etikette. Eudoxia schaute darum zur Seite nach dem Fürsten. Aber er gab ihr kein Zeichen. Wie gerne wäre sie zu dem Gemahl gegangen, um nur drei Worte mit ihm zu wechseln. Doch das wäre ein noch ärgerer Bruch der Etikette gewesen. Eudoxia zauderte eine kleine Weile, dann aber siegte das Weib in ihr, und sie erhob sich, um der Sängerin freundlich zu antworten.

Allein in demselben Augenblick wurde die allgemeine Aufmerksamkeit so heftig auf einen ganz anderen Punkt gelenkt, daß Eudoxia das Wort auf der Lippe erstarb.

Zwischen die beiden zornigen Alten war die Maske im grauen Mantel getreten. Die weisen Meister wollten nicht hören auf die Worte des Narren, und ihr Zorn wälzte sich rasch auf ihn hinüber.

Da ergriff, als er sich kein Gehör schaffen konnte, der Vermummte die beiden Männer und zog sie mit einer Kraft des Armes vorwärts gegen die Marmortreppe, daß die Umstehenden höchlichst erstaunten. Einige Diener wollten einspringen und der Maske wehren. Weil aber der Fürst das Ding ruhig gewähren ließ, so getrauten sie sich auch nicht, dem Hofnarren in die Freiheit seines Narrenamtes einzugreifen. Allein Ignaz Lämml stellte, wie wir wissen, seinen Mann. In augenblicklicher Ueberrumpelung hatte er sich wohl von der Maske bewältigen lassen. Nun aber faßte er seinerseits die Maske am Mantel und rief, den Verwegenen mit starker Faust schüttelnd: »Jetzt ist nicht Zeit und Ort für deine Possen, Narr! Hebe dich weg, wenn ich dich nicht wegschleudern soll!«

Da fiel der Mantel des Vermummten; zugleich nahm er die Larve ab, und vor dem entsetzten Kapellmeister, der auf die Knie niedersank, stand die majestätische Gestalt des Fürsten, nicht im purpurnen Galakleid mit Stern und Band, sondern in seinem gewöhnlichen braunen Rocke.

Alle schauten nach dem Doppelgänger des Herrn, der unter den Orangenbäumen auf dem Altan saß: – in dem Augenblick, wo der vermummte Fürst die beiden Meister in den Vordergrund zog, hatte man ihn noch dort sitzen sehen, jetzt aber war er unbemerkt verschwunden.

Der Fürst sprach in der gewohnten, einschneidend befehlenden Würde des Tons: »Das Schauspiel von Pyramus und Thisbe soll mit Musik ausgeführt werden. Was suchet ihr lange bei dem alten Fabeldichter Ovid? Hier ist das liebende Paar, Pyramus und Thisbe. Dasselbe Dach, mein Schloß, herbergt beide Liebende und ihre feindlichen Väter. Heimliche Zwiesprache ist fleißig gepflogen worden. Alles trifft zu, so gut und so schlecht als es für eine Opera nötig ist. Die Katastrophe entwickelt sich wie im Ovid des Nachts, bei Mondschein unter freiem Himmel – das Grabmal des Ninus mag sich jeder nach Belieben hier in der Nähe suchen; auch an den Bestien der ovidischen Fabel fehlt es nach Unseren neuesten Entdeckungen unter Unserer hier anwesenden Dienerschaft weit weniger, als wir fast gedacht hätten. Aber die Oper soll heiter schließen, so will es das Gesetz König Karls VI. Darum müssen die Väter ihren Zorn bannen, sich versöhnen! Die Hände her, ihr Meister! Ihr zögert? Bei Unserer fürstlichen Ungnade, gebt euch die Hände! So! Und nun legt die Hände der Liebenden ineinander. Keinen Widerspruch! Es ist nur *eine* Hofsängerstelle erledigt, ihr Meister; die Fürstin aber wird sonder Zweifel beiden Sängern zumal den Kranz reichen. Darum müssen die beiden in die *eine* Stelle hineinheiraten; dann ist der Widerspruch gelöst. Wer wagt zu widersprechen?

Morbleu! Haben Wir nicht ein höchsteigenhändiges Kabinettsschreiben erlassen des Wortlautes: ›Die Opera Pyramus und Thisbe soll lustig mit der Liebenden Heirat schließen: Coûte-que-coûte: – *so will und befehl' ich's*.‹ Mit der beiden Liebenden Heirat! Hört ihr's! Keinen Widerspruch. Coûte-que-coûte: – *so will und befehl' ich's!*« Und der Fürst selber führte die beiden Liebenden vor die Väter, und trotz der ingrimmigen Gesichter, welche die Alten seitab schnitten, wagten sie doch nicht, dem fürstlichen Befehl zu widerstehen.

Befriedigt lächelte Eudoxia dem Fürsten zu, und er winkte ihr dankend seinen Gruß entgegen. Aber noch kehrte er nicht auf den Altan zurück. »Wo ist denn unseres Herrn Bruders Liebden hingekommen, unser leibhaftiges Konterfei, das dort auf dem Stuhle saß? Bergmann! Wo steckt Er? Komm Er zu uns, Bergmann!«

Der Gerufene schlich aus dem Gebüsch hervor. Er besaß Takt genug, jetzt die Abzeichen der fürstlichen Würde in Gewand und Schmuck wieder mit dem weißen Mantel zu verhüllen. Als der Fürst seiner ansichtig wurde, bemerkte er sogleich das verzweifelte Gesicht des Malers, der an des Fürsten Stelle in die dämmerige Ecke geschlüpft war in dem Augenblicke, wo die Rede des Hofmarschalls die allgemeine Aufmerksamkeit abzog.

»Du hast den Fürsten brav gespielt, Bergmann!« sprach er leise, ihn zur Seite ziehend. »Aber wie? Hat dir die Sorge der Herrscherwürde schon binnen einer Stunde alle Heiterkeit von der Stirn genommen? Mensch, was machst du für ein Armensündergesicht!«

Der Maler erwiderte: »Alle freuen sich über den heiteren Ausgang der Komödie, nur ich muß den Fürsten spielen, und also geht die Historie für mich ohne Liebe aus! O wenn Eure hochfürstlichen Gnaden wüßten, was ich aushielt, als dieser Franz mit meiner Cornelia vorhin bittend mir nahte, bittend, daß *ich – ich!* – ihnen helfen solle, Durchlaucht würden mir die Bezähmung meiner kochenden Wut hoch anrechnen! Aber geängstigt habe ich die Verräterin wenigstens, als ich abwehrte und drohte, so zornig wie nur menschenmöglich, wo ich kein Wort sprechen oder dem Franz nicht wenigstens meinen Stuhl an den Kopf werfen durfte!«

»Freue Er sich, Bergmann, daß es so gekommen! Diese Cornelia ist nichts für Ihn. Sie hat ihren Vater betrogen, sie wird auch ihren

Mann betrügen. Für den Franz paßt sie gerade darum, denn der betrügt sie wieder, und so machen sie sich gegenseitig etwas weis, und das gibt oft die glücklichsten Ehen. Sei Er froh, daß Ihm der Wiener Windbeutel diese Liebschaft abgenommen. Als ich vorhin den Hofnarren spielte, habe ich der schlauen Dirne auf den Zahn gefühlt, auch von Seinetwegen, Bergmann. Glaube Er mir, sie hatte nur ihren Spaß mit Ihm. Verschmerze Er die große Bretzel! Er muß nicht in das Komödiantenpack hineinheiraten, Bergmann! Da ist alles nur Trug und Schein, Brillanten aus Glas und Goldringe aus Messing. Suche Er sich ein braves deutsches Bürgermädchen, hört Er, Bergmann, die Ihn auch verstehen und erkennen mag, und dieser lasse Er dann die allergrößte Bretzel backen.«

Dann erhob der Fürst seine Stimme laut, daß alle es hören konnten, und sprach zum Maler: »Da Er mir heute so schöne Köpfe gezeichnet hat, Bergmann, so soll Er auch mein eigenes Porträt malen. Ich lasse mich aber nur von meinem Hofmaler porträtieren – Alexander ab Apelle – versteht Er mich! – Morgen kann Er anfangen!«

»Aber,« flüsterte Bergmann, »morgen habe ich noch sechs Stunden Arrest abzusitzen von wegen der Bretzel.«

»Meinen Hofmaler habe ich nicht in Arrest geschickt!« erwiderte huldvoll der Fürst.

Dann stieg er die Stufen hinan, zum Sitze der Fürstin. »Habe ich nun mein Wort gelöst, Eudoxia? Sieh, ich habe also doch dir zum Vergnügen mitgespielt in der Komödie, und mehr Verwandlungen hat's dabei gegeben, als in irgend einer Metamorphose des Ovid. Denn« – hier sprach er leise, daß nur Eudoxia es hören konnte – »die größte Verwandlung, die mit mir selber heute vorgegangen ist, wirst du erst allmählich gewahr werden. Wunderliche Dinge habe ich erfahren, als ich diese Komödie einfädeln und spielen half! Auch dich hat das Volk da unten verwandelt: – aus meiner Eudoxia haben sie eine goldschimmernde Eidechse gemacht. Es ist doch gut, Eudoxia, wenn ein Fürst auch manchmal Komödie spielt. Sieh, es grauste mir heute förmlich vor der Pracht dieses Abends nach dem, was ich am Mittag gesehen und gehört. Wir müssen uns verwandeln, Eudoxia – aber nicht in ovidischer Weise – oder es könnte kommen, daß unsere Kronen und Hermeline noch ehe dieses Jahrhundert über den Häuptern unserer Enkel hinabgerollt ist, daß unsere Kronen und Hermeline in gar kurioser Weise verwandelt würden. – Sahst du eben den Lichtschein dort am wolkenlos heiteren Maihimmel? Es wetterleuchtet in unsere Kerzen- und Sternen- und Fackelpracht hinein! Nenne mich fürder nicht mehr Augustus, liebe Eudoxia, nenne mich August. Du weißt, auf Augustus folgte Tiberius. Schau hinüber nach den dunklen Fenstern meines Kabinetts. Dort steht der graubärtige Ritter über dem Kamin, dessen Anblick hat mich heute zur Besinnung gebracht. Vielleicht steht er jetzt unsichtbar mitten unter uns und freut sich über mich! Ja, vielerlei Verwandlung haben wir heute gespielt, dieser schmiegsame Franz und ich, und ich dachte, einen von uns zweien müßte ich dir wohl vorstellen als den echten Ovid bei Hofe. Jetzt aber merke ich, der größte Fabeldichter, der Mann, der die größte Metamorphose heute mir in die Seele gedichtet, das ist der alte Ritter über dem Kamin: *denn er hat den Fürsten verwandelt.* Lies du deinen französischen Ovid: ich will mit dem Ritter über dem Kamin sprechen und er soll mein deutscher Ovid sein. – Aber ich habe dir immer noch eine neue Verwandlung vorzuführen. – He! Adam tritt näher! Adam Happeler!«

Adam erschien mit seiner Fackel und pflanzte sich am Fuße der Treppe auf.

»Das ist der Adam Happeler, Eudoxia, dem du das Häuschen bauen ließest, worin er verdarb, der dann Hundejunge ward, wobei er nicht gedieh. Weil er sich nun vermessen hat, mir einheizen und Licht anzünden zu wollen, wenn er's nur dürfe, so habe ich ihn zu meinem Stubenheizer und Lampenanzünder gemacht, da darf er's ja nach Herzenslust. Aber ich will dir einen Spruch mitgeben ins neue Amt, Adam: Auch der gutartigste Hund hat vier Wolfszähne! Hüte dich, Adam! Wenn du wieder Spitzbubereien treibst, dann wanderst du nicht in das kleine Prison, sondern ins große Zuchthaus.«

Adam schnitt ein halb glückseliges, halb verlegenes Gesicht bei dieser Anrede, und das gab ihm gerade ein Aussehen, wie wenn er niesen wolle und könne nicht. Der Fürst rief darum lachend: »Bergmann, so male Er mir den Adam mit seiner Fackel in den chinesischen Saal. Die anderen Köpfe bleiben in der Mappe.«

Dann aber wandte sich der Fürst zu seinem Hofe und kündete den Aufbruch an zu einer Gondelfahrt auf dem Flusse, die den festlichen Abend beschließen solle. »Adam, eröffne den Zug mit deiner Fackel! Du sollst Uns heute abend ganz besonders das Licht tragen, die Fackel, die zugleich Unser Emblem ist! Auf, meine Herren, folgen Sie dem fürstlichen Zeichen der Fackel!« Und während sich der Zug bildete, murmelte der Fürst, seiner Gattin den Arm bietend, für sich die Worte des Mottos zum Emblem:

»*Aliis inserviendo consumor.*«

 tredition®

Über tredition

Eigenes Buch veröffentlichen

tredition wurde 2006 in Hamburg gegründet und hat seither mehrere tausend Buchtitel veröffentlicht. Autoren veröffentlichen in wenigen leichten Schritten gedruckte Bücher, e-Books und audio-Books. tredition hat das Ziel, die beste und fairste Veröffentlichungsmöglichkeit für Autoren zu bieten.

tredition wurde mit der Erkenntnis gegründet, dass nur etwa jedes 200. bei Verlagen eingereichte Manuskript veröffentlicht wird. Dabei hat jedes Buch seinen Markt, also seine Leser. tredition sorgt dafür, dass für jedes Buch die Leserschaft auch erreicht wird.

Im einzigartigen Literatur-Netzwerk von tredition bieten zahlreiche Literatur-Partner (das sind Lektoren, Übersetzer, Hörbuchsprecher und Illustratoren) ihre Dienstleistung an, um Manuskripte zu verbessern oder die Vielfalt zu erhöhen. Autoren vereinbaren direkt mit den Literatur-Partnern die Konditionen ihrer Zusammenarbeit und partizipieren gemeinsam am Erfolg des Buches.

Das gesamte Verlagsprogramm von tredition ist bei allen stationären Buchhandlungen und Online-Buchhändlern wie z. B. Amazon erhältlich. e-Books stehen bei den führenden Online-Portalen (z. B. iBookstore von Apple oder Kindle von Amazon) zum Verkauf.

Einfach leicht ein Buch veröffentlichen: **www.tredition.de**

Eigene Buchreihe oder eigenen Verlag gründen

Seit 2009 bietet tredition sein Verlagskonzept auch als sogenanntes "White-Label" an. Das bedeutet, dass andere Unternehmen, Institutionen und Personen risikofrei und unkompliziert selbst zum Herausgeber von Büchern und Buchreihen unter eigener Marke werden können. tredition übernimmt dabei das komplette Herstellungs- und Distributionsrisiko.

Zahlreiche Zeitschriften-, Zeitungs- und Buchverlage, Universitäten, Forschungseinrichtungen u.v.m. nutzen diese Dienstleistung von tredition, um unter eigener Marke ohne Risiko Bücher zu verlegen.

Alle Informationen im Internet: **www.tredition.de/fuer-verlage**

tredition wurde mit mehreren Innovationspreisen ausgezeichnet, u. a. mit dem Webfuture Award und dem Innovationspreis der Buch Digitale.

tredition ist Mitglied im Börsenverein des Deutschen Buchhandels.

Dieses Werk elektronisch lesen

Dieses Werk ist Teil der Gutenberg-DE Edition DVD. Diese enthält das komplette Archiv des Projekt Gutenberg-DE. Die DVD ist im Internet erhältlich auf **http://gutenbergshop.abc.de**

MIX

Papier | Fördert
gute Waldnutzung

FSC® C083411

Zeitfracht Medien GmbH
Ferdinand-Jühlke-Straße 7
99095 Erfurt, Deutschland
produktsicherheit@kolibri360.de